JN145843

風もかなひぬ

伊藤悠子

思潮社

風もかなひぬ

伊藤悠子

もくじ

装画＝伊藤武夫、装幀＝稲川方人

風もかなひぬ

伊藤悠子

まなざしのなかを——チェーザレ・パヴェーゼの故郷ランゲ

イタリア語を習い始めたとき、誰か気持ちの上で導いてくれる人がいたら、遠くまで行けるのではないかと思い、何人かのイタリア人作家の本を読んだ。そしてチェーザレ・パヴェーゼの小説『月とかがり火』のなかに、目を閉じる子を見つけたとき、パヴェーゼを導き手とした。

『月とかがり火』の「わたし」で表される中年の主人公は、アメリカである程度成功したあと、孤児として育ち下男として若い日を過ごしたランゲに戻ってくる。幼い日養父たちと暮らした小屋には、いまは別の家族が住んでいて、その家のチントという名の男の子と心を通わせる。その子がよく目をつぶることに「わたし」は気づく。「わたし」も幼いとき、同じように目をつぶり、時をかせぎ、目を開けたとき何か変わっているのではないかと思っていた子供だったからだ。

私自身も幼い頃、同じことをしていた。

鉄道駅サント・ステーファノ・ベルボは無人駅だった。先に降りた数人の学生は駅前に停まっていた小型の送迎バスに皆乗ってしまった。私だけが駅前に取り残された。バス停はない。タクシーもない。ここから作家チェーザレ・パヴェーゼ（一九〇八‐一九五〇）の生家が近くはないということは、一度行っているから想像がつく。生家付近の景色とは異なっている。街道が一本。この道を行くしかない。果たしてどれくらい遠いのだろう。いまにも雨が降り出しそうな四月の空が続いている。

三年ぶりのランゲへの旅である。北イタリア、ピエモンテ州の丘陵地帯ランゲはパヴェーゼの故郷であり、彼の作品の故郷である。パヴェーゼはランゲ地方の小さな村サント・ステーファノ・ベルボで生まれ、幼い日々をそこで過ごし、トリノに移った。前回は、トリノからアルバに入り、アルバから列車、バスと乗り継いだので、この鉄道駅には降りなかった。今回はミラノからアスティに入り、アスティから臨時の連絡バス、列車、ローカル線と乗り継いでここへ来た。

駅から少し歩いたところに農業用品を扱っている店があったので、チェーザレ・パヴェーゼの生家はどのあたりか聞いてみた。店の人は通りまで出てきてくれ、橋を越えたあの丘の方角だと、遠くを指差した。どのくらいかかるかと聞くと、気の毒そうに私を見つめて、歩きか、と聞いた。歩いて行くなら、五十分はかかると言う。

必要なページだけを破いて持ってきた時刻表を、コートのポケットに押し込んで歩き出した。時刻表はミラノに着いた翌日、ミラノ中央駅のキオスクで買ったものである。「時刻表（オラリオ）はありますか」と聞くと、黒い肌をした青年は「おはよう」と日本語で言って「オラリオ」と時刻表を差し出した。ふたつの「お」という音が美しく響いた。頭韻の勉強をしているのかもしれない。よく使われる外国語の挨拶とキオスクに置いてあるものとで頭韻を踏むことができるのは、一体どれほどあるだろう。見当がつかない。ひとつも思い浮かばない。こまかな雨が降り始めた。藤の花が咲いている家がある。藤はイタリア語でグリーチネという。複数形はグリーチニ。グッド・アフタヌーン、グリーチニ。あまりきれいに響かない。

ローカル線の本数は二時間に一本だから、生家で過ごせる時間は二十分ぐらいだろう。用事を済ますには十分だった。三年前の六月、初めて訪れたとき、生家の展示館には諸外国語に訳されたパヴェーゼの代表作『月とかがり火』が並べられていたが、日本語訳はなかった。いつか邦訳を持って行こうと思っていた。それが今回の旅の主たる目的で、米川良夫訳のものを一冊荷物の中に大切に入れてきた。

しばらく歩くと見覚えのある黄白色の教会と鐘楼が遠くに見えた。鐘楼の上に細く認められる十字架を目印にすれば生家に辿り着ける。ベルボ川にかかる橋を渡る頃には、雨脚は強くなってきた。この川は『月とかがり火』にもその水音が聞こえてきそうなほどいきいきと姿を現す。黄白色の教会を過ぎ、広場のわきを抜け、墓地の前を通れば、もうすぐだ。五十分足らずで生家に着いた。

広い庭も建物もひっそりとしている。平日だからかもしれない。前回展覧会が催されていた建物右手の部屋を覗くと、今日も展覧会が開かれていて、若い女の人がひとり、椅子に座っていた。作品はすべて彼女が描いたものだという。アクアチントの手法を用いた作品は墨絵を思い出させた。雲ばかりを描いた油絵の大作を私が見ていると、近づいてきて、雲を眺めていると霊のようなものを感じていろいろなイメージが湧くのです、と楽しそうに創作の喜びを語った。霧によって他と隔てられた岩山をひとつ描いた「霧に包まれた山」という小さな油彩画が荒涼としていて、心に残った。

別棟の展示館には誰もいなかった。作品の原稿、トリノ大学の卒業論文、愛用の眼鏡、幼い日からの写真、パヴェーゼを捨てたといわれるアメリカの女優の写真、自死したトリノのホテルの写真、皆、くっきりとした影のようにその場所に佇んでいる。『月とかがり火』の邦訳をテーブルに置き、「この丘に集うみなさまへ」と宛てたメモを挟んだ。もう一度部屋を見つめてから急いで帰路についた。本を置いてくることができたので、目的が果たせた。誰に頼まれたのでもないが、遠く難しいお使いを済ませたような安堵感があった。

駅に着く頃には、雨は止み始めていたが、靴がだいぶぬれてしまっていた。旅の荷物を軽くするために替わりの靴は持ってこなかった。泊まっているアスティの宿では、日が暮れる頃、急にかなり大きい音がしてスチーム暖房が入る。その前に置いておけば、明日までには乾くだろう。

駅にはやはり誰もいなかった。駅員も電車を待つ人もいない。ベンチにこしかけると、目の前に雨にぬれたランゲの丘がひろがっていた。パヴェーゼの「丘はひろがり雨が丘を静かに浸している」という詩行を思い出す。ランゲの丘が静かに四月の雨に浸っている。

遠い線路に列車がゆらゆらと定刻通りに現れた。切符を持っていないので、車内で車掌から買う。無人駅だから仕方がない。車掌は私の財布をちょっと覗くと、「小銭ばかりがたまってしまったね。取り替えてあげよう」と言って立ち去り、すぐ戻ってきて、私にわかるようにゆっくりと両替してくれた。

車窓に見えるランゲは春まだ浅く煙るような緑だ。冬枯れの色のままの畑もある。雨雲の下、丘の頂にはくすんだ色合いの古城が見える。鳥が空に散らばるように舞い上がった。亡くなる二年ほど前、パヴェーゼは日記『生きるという仕事』に、ヘミングウェイへ、として英語でとても短い手紙を書いている。

ピエモンテの丘を見たことはありますか。茶色、黄色そして灰色がかり、ときどきは「緑」……きっとあなたは気に入るでしょう。

緑、茶色そして灰色がかったランゲに遠い時間を思った。

五月から六月にかけては、ランゲのなだらかな丘の裾、畦道、鉄道線路の土手、枕木の間にも赤いヒナゲシが咲く。『月とかがり火』の終章でその最後が明らかにされる美しい娘サンタはヒナゲシの芯のような目をしていたという。ヒナゲシの花の中心は黒く、サンタ・サンティーナ（サンタのお父さんがサンタを呼ぶ特別な愛称）の瞳が、丘に野に数知れず瞬いているかのようだった。息をのむ美しさだった。

シンガーソングライターのファブリツィオ・デ・アンドレ（一九四〇－一九九九）の「ピエーロの戦争」という歌は、人間的な逡巡を持ったがゆえに先に撃たれたピエーロという若者の死を悼む歌だが、それはこう始まる。

おまえは麦畑に埋められて眠る
バラでもなく　チューリップでもなく
溝の暗がりから寝ずの番をしているのは
千の赤いヒナゲシ

歌の終わりのほうでピエーロは「僕のニネッタ、五月に死んでいくのはひどく勇気がいるよ」と呟く。マッジョ（五月）、コラッジョ（勇気）の脚韻が胸を打つ。

暮れかかるランゲの丘を見ながら、ふと自分の育った杉並の丘を思い出した。棒切れでかき回しても、たちまち澄んで雲を映す湧き水があり、丘の北側のうす暗い裾には、細い川が巡っていた。雨が降って水かさが増すと、崖の野バラが川面におぼれた。坂や崖の途中には不意に防空壕があって、その前にしゃがむと、ひんやりとした丘の体温が伝わってきた。とうに湧き水は涸れ、小川は埋め立てられ、川の形をとどめる細長い児童公園になった。帰るたびに丘は乾いていくようだった。

パヴェーゼの死後発表された詩に「死は来るだろう、おまえの目を持つだろう」と始まるものがある。その一節。

おまえの目はひとつの空しい言葉、
封じられた叫び、沈黙となるだろう。

車窓にランゲが暮れてゆく。目を閉じるように夕闇に紛れてゆく。目を閉じる子に手を引かれて、ずいぶん遠いところまで来てしまった。

私の好きな詩人――チェーザレ・パヴェーゼ

チェーザレ・パヴェーゼの生家の広い庭の中央には、一本の大きな樹に包みこまれるように、パヴェーゼの胸像がたっている。生家からはランゲと呼ばれる丘陵が見えるが、胸像はランゲではなく生家をまっすぐ見つめるようにたっている。台座の石碑にはこう記されてあった。「彼は走った　そこで生まれ　詩人になることを夢みた家までの　白く長い道を」

パヴェーゼは、北イタリア、ピエモンテ州のランゲ丘陵地帯の小さな町サント・ステーファノ・ベルボで生まれ、少年期にトリノに移っている。トリノ大学で文学を学び卒業論文はホイットマンについてである。一九三五年に反ファシズム活動を疑われて、南イタリアの海辺の村ブランカレオーネに流刑された。流刑の期間は結果的には一年未満であった。一九五〇年六月には、前年出版された小説『美しい夏』で、イタリア最高の文学賞といわれるストレーガ賞を受賞している。若い日々から英米文学を多数翻訳紹介し、代表作であり最後の小説となった『月とかがり火』をはじめ多くの短編長編小説を書いているが、詩作品の数はそれほど多くはない。七十篇を収めた自選詩集『働き疲れて』。一九五〇年八月の終わり、トリノのホテルで自死したことにより、勤務先であった出版社エイナウディ社の彼の机の書類入れの中から発見された十篇の詩（題は彼自身によって記されていた。「死は来るだろう、おまえの目を持つだろう」。そして日付も。一九五〇年三月十一日－四月十一日）と、一九四五年に書かれた「地と死」と題する九篇の詩をまとめて、一九五一年にエイナウディ社から出版された三十数ページの詩集『死は来るだろう、おまえの目を持つだろう』。よく知られているのはこの二冊だ。未刊のもの、若い日の作品なども没後、刊行されているようだが、それらを含めてもそれほど多くはないだろう。

彼は高校生のときに詩人になる覚悟を決めたそうだが、胸像の石碑にあるように、幼い日から徐々に選ばれていった道だったのだろう。『働き疲れて』の冒頭の「南の海」という長い詩は二十二歳の頃の作品で力強い。「僕たちはある晩丘の中腹を歩く／沈黙のうちに。おそい黄昏の影のなか／僕の従兄は白を身に纏う巨人だ」と始まり、その外国を巡って来た従兄が、トリノのこと、故郷ランゲそして外国のことを語って聞かせ、年若い「僕」があこがれの気持ちで耳傾けているという形の詩である。これだけではわからないかもしれないが、最後の小説『月とかがり火』に投影されるような、まるで重なるような詩である。当然のことかもしれないが、パヴェーゼの詩は彼の小説ととても響き合う。

私が紹介してみたいのは、『死は来るだろう、おまえの目を持つだろう』の四月十一日の詩、「最後のブルース、いつの日か読まれるための」。日付以外は英語で書かれている。アメリカの女優 Constance Dowling へ宛てたものとされる。そのまま書き写す。詩中の 'T は It の短縮形。flirt は「戯れ」と訳せばよいだろうか。四行ごとの三連の短い詩だ。

Last blues, to be read some day

'T was only a flirt
you sure did know–
some one was hurt
long time ago.

All is the same

time has gone by–
some day you came
some day you'll die.

Some one has died
long time ago–
some one who tried
but didn't know.

11 aprile 1950.

遠くに聞こえる波音のような詩だ。くり返される some one と some day にあてどなさを思う。誰とも知れず、いつとも知れず、傷つけ、傷を負いながらも、この世を交差していく者たち。不思議だ。かつては胸をつかまれるように読んだチェーザレ・パヴェーゼだが、今は、目をそらし微笑んでいたある写真の、その微笑みだけが、思い出される。

ふたりのイズー

風は、夜半頃が一番強かったようだが、朝には止んでいた。カーテンを開けると、秋の庭がいつもよりこざっぱりと明るい。庭の中央にあったポール仕立てのすいかずらが、組んであった支えの竹とともに倒れていた。それで見通しがよくなっていたのだった。戻したりせずに、すいかずらもポールも竹も処分しようと思った。『私ではなく、風が』という題の本があった。D・H・ロ一レンスの妻になった人の書いた本で、題名をよく覚えている。私ではなく、昨夜の風がしたこと。

一九九八年五月末、鉄道駅オルテ・スカーロ（中部イタリア）前の小さな広場から家並みへと入ったときには、既にその匂いに包まれていた。民家の庭にも道端にも咲いていた。こんなに遠くの町で、すいかずらに出会うとは思わなかった。小さい頃住んでいた杉並の丘で知っていた。甘い匂いに誘われるように歩いてゆくと、右手に坂があり、坂の途中で女の人が水仕事をしていた。あっ、来た、来たというようにこちらを見て笑ったので、そこが予約していたホテルだとわかった。

ホテルの壁面も見事にすいかずらで覆われていた。深緑の葉の海から顔を上げるようにして、白い花が二つずつ並んで咲いていた。オルテでは、できたら、そこからバスに乗って丘の上に建つ古い山岳都市に行ってみたかったのだが、ローマを出てヴィテルボのあたりから夫が熱を出していたので、あきらめた。写真で見た丘の上のその旧市街まで行けば、変化のある景色を楽しめたのだろうが、鉄道駅あたりは、まっすぐな街道沿いに民家が並んでいるだけの、ごく日常的な風景だった。街道のほとりにも、すいかずらは何に絡まっていたのか、木立のようになって咲いていた。そのすぐ傍らで、若者がバイクを止めて楽しげに話し込んでいた。

鉄道駅近くの児童公園で遊具を試したり、客のいない鞄店に入り、水色のバックスキンのバッグを娘への土産に買ったりしながら時間を過ごし、夕暮れの空をのびのびと飛ぶ鳥を眺めた。夜は、他の客と一階の食堂で夕食をとり、すいかずらの絡まる宿で眠った。オルテはただ、すいかずらの町として記憶に残った。

旅から帰り、母に手紙を書いた。返事には、「私にとっては思い出したくない場所ですが、あなたには杉並はなつかしいのでしょうね」と書いてあった。

秋口だったか、園芸店から、すいかずらの苗木が届いた。母が注文して送らせたのだった。日の当たる窓際に置いていていたが、葉に縞模様が出てきた。よく調べると葉の中に虫が入り込んでいて、虫が葉の内部を食べた跡が縞模様になっているのだった。薬を散布しても、葉の中には届かない。指で縞模様をなぞり、微かにふくらんでいるところを探し当て潰す以外にない。手に余り庭に下ろした。

気が向いたときに虫を退治しただけで世話をしなかったが、翌年にはよい匂いの花をつけ、やがて四方八方に枝を伸ばし、薔薇を這い上がり、山椒を覆い、雪柳に絡まった。伸びた枝が地面を這っては根を下ろし、そこでまた株になる。すいかずらのイタリア語カプリフォッリョは、ラテン語のカプリフォリウムから来ていて、葉っぱの山羊ということらしい。この植物が、手近にあるものにすぐ這い上がるので、山羊のどこでも這い上がる器用さを思い出させるからとのこと。放っておくと、庭中、山羊だらけになってゆく。そう言えば、花の形もどことなく山羊を思わせた。二つずつ横に並んで咲くので、双子の山羊のようだ。

それからしばらくして、母は亡くなった。献体を望んでいたので、遺骨が戻ってきたのは翌年だった。暑い夏の午後、家族で納骨した。父の墓を開け、いざ骨壺を納めようとして、びっくりした。父のお骨がそのまま置いてある。骨壺はなかった。姉と私は顔を見合わせてしまった。墓がある場所は父の故郷の東北地方。風習なのだろうか。父が亡くなったのは、二十年以上前で、若かった私たちは墓の中まで注意していなかった。姉と私が顔を見合わせてしまったのは、父母が仲の良い夫婦ではなかったということを、よく知っていたからであった。どうしたものかと迷っていると、夫が「いっそ、混ぜちゃう?」と言ったので、一同笑った。皆で順々に骨壺から母の骨を、そっと少しずつ父の骨の上に落とした。笑い合ったので、よい納骨となりえた。

杉並に住んでいた頃、父は、長い間家に帰らなかった。たまに帰ると、子供が聞いてはいけない話になったのだろう。話が済むまで、姉と私はときには夜でも外に出された。二人で原っぱにしゃがんでいた。そんなとき、すいかずらがひっそりと林から匂っていたことがあったような気がする。

台風で倒れたすいかずらは昨年始末してしまったが、小さな庭のあちこちにまだ株が残っている。今年は花を見ることはできなかったが、本で、すいかずらに会った。『トリスタン・イズー物語』(ベディエ編、佐藤輝夫訳)と、『十二の恋の物語　マリー・ド・フランスのレー』（月村辰雄訳）である。媚薬酒を誤って飲むことによって、病のような激しい恋に落ちたトリスタンとイズー。はしばみに絡みつくすいかずらは、二人の愛の象徴として出てくる。

恋人よ、私たちも同じ。私なくしてあなたはなく、あなたなくして私もない

（『十二の恋の物語』の「すいかずら」より）

『トリスタン・イズー物語』には、ヒロインである黄金の髪のイズーと名前を同じくするもう一人のイズー、白い手のイズーが、悲しいこだまのように出てくる。白い手のイズーは、黄金の髪のイズーへの嫉妬から嘘を言い、トリスタンは絶望のうちに死ぬ。傷から傷へと縫い継ぐような長い話であった。なお、『十二の恋の物語』の中の「すいかずら」の章は、文庫本で五、六ページほどと短く、「トリスタンとかの王妃」となっていて、イズーの名は出てこない。

すいかずらの花は、咲きはじめ白く、やがて黄色になる。ひと枝に白い花と黄色の花が縦に並んだりする。こんど庭に咲いたら、黄金の髪のイズーと白い手のイズーを思うだろ

う。オルテの町の人たちは、すいかずらを見て、トリスタンとイズーを思ったりするのだろうか。話し込んでいた若者はどうだろう、トリスタンを知っているだろうか。たぶん知っているだろう。

トリスタンは、〈悲しみの子〉という意味だと本に書いてあった。父も母も、会ったことはない女の人も、悲しみの子でもあったのだろう。

ほとりにたたずむ

1

「もう行ってもよいかもしれない」と病院の中庭にぼんやりと目をやりながら思った。少し体調を崩していたが、通院で済むという検査の結果をもらい薬を待っていた。一九九四年晩秋のこと。アッシジに行ってもよいかもしれない。もう希望をかなえるのを許されてもよいのではないか。イタリアのアッシジという町の名を心に留めてから二十年も経っていた。

夫がイタリアに美術を巡るツアーで行ったのは一九七四年だった。それは新聞の片隅に私が見つけた小さな「お知らせ」記事で、「ルネサンス文化をたずねるイタリアの旅」という名のツアーだった。いまもその切り抜きはとってある。「近代文明の端緒をなしたルネサンスの地イタリアをローマからミラノまで、小川正隆朝日新聞編集委員とともに訪ねる十四日間の旅」。五月三十一日から六月十三日。費用は四十六万八千円。旅程も記してある。その頃、夫は大学卒業後に勤めた商社の仕事が合わず、夫の実家の仕事の手伝いなどをして、できたら美術、あるいは建築の仕事に転身したいと思っていた。私は初めての子を妊娠して英語塾のアルバイトを辞めていた。経済的にはどん底に近い状態であったが、なんとか旅行の費用は捻出できそうに思った。記事を夫に見せたところ、信じられないという口ぶりであったが、行ってみたそうだった。私は子供がおなかにいることでかえって大きな気分でいたのだろう。自分はおなかの子供と待っていればいいと。夫は二軒長屋の貧しい住まいから、イタリアへと出発した。

二週間後、イタリアで買い込んだたくさんの美術書を大きなスーツケースに入れて充実した笑顔で帰宅した。システィーナ礼拝堂にあるミケランジェロ作「最後の審判」、フィレンツェのサンタ・マリア・デル・カルミネ教会にあるマザッチョ作「楽園追放」などのすばらしさをくり返し語ったが、私が見てみたいと思ったのは、アッシジの夕焼けだった。もし天国があるとしたら、こんなところだろうというほど美しいそうだ。そしてどこかの町、たしかヴェネツィアでとてもかわいい男の子にあったそうだ。名前はフランチェスコ。

私たちの初めての子は、秋のある日、小さな骨壺に入れてもらって、そして夫の実家の菩提寺に眠っている。夫は三男だから、その墓に入ることはないが、墓の中でたくさんの親戚に護られていると思うと温かな思いがこみ上げる。いつかアッシジという町の夕焼けを見てみたい。それは永い間の願いとなった。

夫はその後、建築会社に勤めた。勤め先が倒産したりと、なかなか順調にはいかなかったが、ある建築会社に勤めてふた月になった頃だった。三月一日。長女は二歳半になっていた。翌日がスーパーマーケットの定休日だったので、ひな祭りの用意のための買い物をして帰ると、電話が鳴った。夫の同僚からの電話で、夫が現場で事故に遭い、救急車で運ばれたと告げた。状態についてははっきりとは言わなかったが、深刻であることはわかった。場所は東大和市。初めて聞く地名だった。会社から上司のかたが車で私の自宅に迎えに来てくださるので、その前に病院に泊まり込む用意と、娘をどこかに預ける手はずをしてほしいということだった。

病院に着くと、夫は六人部屋のドア近くのベッドに横たわっていた。同室の患者さんやその介護をしている家族が、「奥さん、間に合わないかと思っていた」と言った。落下事故で、肝臓破裂と聞かされた。おそらくひとすじに裂けていて、いまも出血し続けているが、血圧が下がっていないので、もつのではないかと思っている、血圧が今後下がったり出血の状態によっては、別の病院に搬送して手術となるが、その場合は助かる可能性は低いと医師は言った。病院には船橋から姉が来てくれて娘は姉に手を引かれて行った。

現在はたいていの病院が完全看護だろうが、当時は重病や重症の患者には家族が病室に寝泊まりして付き添っていた。夜になって、どこに私は寝るのだろうとあたりを見ると夫のベッドの下にスノコのような板があった。同室の人が近くの寝具店でゴザを買ってくるといいと教えてくれた。ゴザを買ってスノコのような板に敷き、家から持ってきた毛布をかけて横になり、点滴の落ちていくのを見つめながら夜は更けていった。三日間容態が悪化しなければ、峠はひとつ越えられるとも医師は言った。三日過ぎても痛みは激しく身動きひとつできない状態が続いたが、悪化はしなかった。少しずつ私も病院の生活に慣れ、同室の付き添いの人たちと近くの風呂屋に行ったり、風呂屋の帰りに小さな総菜屋でササミの天ぷらを買ったりした。三週間を過ぎた頃、私の実家や夫の実家で預かってもらっていた娘をもうどちらも預かれない状態となっていたので、病院専門の付き添いの家政婦を頼み、私は娘を引き取って自宅から病院に通うことにした。

すべての出来事は、君が生まれつきこれに耐えられるように起るか、もしくは生まれつき耐えられぬように起るか、そのいずれかである。ゆえに、もし君が生まれつき耐えられるようなことが起ったら、ぶつぶついうな。君の生まれついているとおりこれに耐えよ。しかしもし君が生まれつき耐えられぬようなことが起ったら、やはりぶつぶついうな。その事柄は君を消耗しつくした上で自分も消滅するであろうから。尤も自分の身のためであるとか、そうするのが義務であるとか、そういう考えかた次第で、つまり自分の意見一つで、耐え易く、我慢しやすくできるようなものもあるが、このようなものはすべて君がうまれつき耐えられるはずのものであることを忘れてはならない。

これはその当時いつもバッグに入れていたマルクス・アウレーリウス著『自省録』(神谷美恵子訳、岩波書店)の一節で、バスや電車の待ち時間に何度も読んだ箇所だ。裏表紙には、立川から病院を経由するバスの時刻表が書き込まれてある。平日の十時台はたった一本だった。何か不幸が起きると蚊柱のように熱くうるさいものが襲う。たとえば、ささいなことであるが、病院に寝泊まりし始めた頃、夫のベッドの脇に見舞い客用の簡便な椅子を置いて食事をしていたら、同室の患者の付き添いの家族(年齢は六十を過ぎたくらいだった）から声がかかった。「奥さん、食べられないご主人の傍で食べるのってむごくない？廊下で食べたら？」同室の病人は重病でも皆食事がとれた。その傍で付き添いの家族も食事をとっていて、食事がとれないのは、夫だけであった。どうしたものかと思っていると、夫が手をわずかに動かし、ここにいるようにという動作をして、近くに寄るようにと手招きをした。「食べている音を聞いていたい」と掠れた声で喘ぎながら言った。夫は大学一年のとき、喉のがんになり、がんの切除手術は成功したが、手術の際、左の声帯の神経を損傷してしまったため、声が出なくなりリハビリによって声が出せるようになったという経緯があり、普段から疲れると声が掠れた。このような状態では声はほとんど聞き取れないほど小さかった。「主人がここで食べるようにと言っていますから、そうします」私は言った。「ふうーん」というような声がした。私は仕事で付き添いをしているのではない。そうであるのならば、食べられない患者の傍で食事をとるのはおかしいだろう。このようなことはあらゆる方向からやってきた。そのたびに払いのけるのに精一杯だった。しかし思い返せば、私自身も別のあるときには、習性として群れる蚊柱の一匹の蚊であっただろう。

そしてもうひとつ気にかかることが起きていた。離婚が決まった姉と姉の子供を引き連れて、船橋の私の実家が家を売り払い父の故郷に引っ越したのも、夫の入院中だった。船橋にもういたくないというのは母だけの強い希望であった。姉の離婚と船橋とはなにも関係がなかったが、母は逃げ出したかったのだろう。父も姉もそれに従わざるを得なかったというのは、家族として暮らしてきて母の性格をよく知っている私にはわかったが、なにか納得できないものが残った。ある日病院から娘の手を引いて帰ると、わび住まいの玄関の前にダンボールが積み上げてあり、船橋の実家から送られてきた私の荷物だった。高校の教科書や古い本などなど。捨ててしまいたいような気持ちだったが、仕方なく、家に運び入れた。もう実家に頼ることはできない。しかし実家から自由になったのだとも思えた。実家のことで気になるのは父のことだった。父は故郷に引っ越してまもなくの五月入院し胃がんの開腹手術をしたが、もう手の施しようがなくそのまま閉じたと姉との電話で結果を知らされた。

父とは気が合った。私が幼い頃ながく家から離れていて家庭の不穏の原因を作ったのは、父かもしれないが、気が合った。父といるといつも心がやすまった。父が帰ってくると、ふたりでカーネーションの栽培畑を越え、遠くの公園に行くのだ。ブランコを押してもらい高く高くブランコを漕ぐのだ。静かに時間が流れた。あまり話はしなかった。話さなくてもよいほど気が合った。私は父を可哀想に思うことがなぜかよくあった。

或る夜、娘が寝てから、昼間出版社に番号を聞いておいた外つ国（象徴的な意味において）の人に電話をかけた。愛読者であることを告げ、私は三十歳の主婦でいまこのような状況におり、なによりこの世が熱くて熱くてしかたがないのですと言った。その人は言った。「いまからすぐこれこれの番号に電話するのです。信頼できる神父さんです。すぐ電話してください。お忙しいかたですから、おられないかもしれません。また電話するのです。今夜つながらなかったら、明日電話してください。明日だめだったら明後日、つながるまで電話するのです」文体と同じであった。「はい、そういたします」と私が言うと、花が水に溶けていくようなやわらかなやさしい声になり、こう言った。「お元気をおだしくださいませ」

もう私には十分だった。二度と電話をかけることはないだろう。会おうとすることもないだろう。そのとおりにしよう。そのとおりにして、その年のクリスマスイブに東京都下の修道院でカトリックの洗礼を受けた。霊名はマリア・マグダレナ。ヨハネによる福音書の第二十章にあるマグダラのマリアの言葉「わたしがそのかたを引き取ります」が心に深く入っていたので、指導司祭に自分から願い、その名を頂いた。「そのかた」とは亡くなって墓に納められたはずのイエスであり、この言葉は話している相手が当のイエスとは知らずに言われた言葉である。

翌年一月、父は口から食事をとることを止め中心静脈栄養にするための処置を受けたが、その前に食べたいものを聞いたところ、コハダと答えた。たぶんこのあたりにはないだろう、関東のものだからと言った。病院近くの寿司屋、魚屋を次々と回ったがやはりなかった。すでに夫の状態はよくなって仕事に復帰していたので、東北に娘を連れて父を見舞うことに思いは集中していた。姉が娘を預かってくれ、父の臨終を受け持つことを私に譲ってくれた。亡くなる二日前から病院に泊まり最後を母と看取った。四月二十日午前二時三十六分死去。桜が好きな父であった。東北に桜前線が届き、風花の舞うなか咲き始めていた桜の一枝が棺に納められた。

思い出のなかでは、その年の桜は白い桜となっている。白い白い薄明のなかとうとう父を見失ってしまったように私は放心していた。

若い日々住んでいた貧しい市営住宅のことを書いておきたい。安い家賃にひかれて応募した空き家の抽選に当たって見にいった日、目の前の公園に桜が咲いていなかったら、私も入居を躊躇したかもしれない。夫は風呂場や台所の傷み具合を調べ、「こんなに古いとは思わなかったよ。安いわけだね」と言った。隣家の奥さんが部屋に風を入れるため、雨戸もガラス戸もすべて朝から開けておいてくれたので、玄関の三和土《たたき》に、部屋の畳に、桜がうれしいほど散っていた。畳に坐ると、花はあとからあとから舞い込んで、私のスカートの上に落ちたり後ろの部屋にまで届いたりした。ここに住んでみようと心が動いた。アパートから引っ越してきた四月の末、勢いよく若葉を吹き上げている桜の木々を荷解きしながら何度も見上げては、花の咲くのは一年のうちのたった数日だけなのだと早くも後悔していた。

古くわびしすぎるような住まいであったが、不思議なかぐわしさがどこかあった。それは二軒長屋であって、玄関や台所もすべて左右対称となっていた。部屋は南に六畳、北に四畳半のふた間。戸袋は二軒のそれぞれの両端についている。一軒としても小さい住居かもしれないが、それでも南の部屋には窓の上に明り取りがあり、半間より広い床の間があった。ふた間の仕切りには、もみじを透かし彫りにした欄間もあった。そして住んでから知ったことだが、競馬場の廃材で造った建物だという。厩舎や柵だろうか。その競馬場というのはすぐ前の公園だと聞かされた。夜更けに目覚めると、ふと軒の低い集落の上を音もたてずに飛び越えていく馬がいるような気がした。

入居してどのくらい経った頃からか、記憶ははっきりしないが、転出者があると、その家は取り壊されるようになった。市にはいずれ高層住宅にする計画があった。同じ棟の左右の住人がほぼ同時に出ることはないので、まっぷたつにされ半分が取り壊されたあとの家の姿は何ともいえない感じだった。一人分の羊羹がきっちり半分になったような。我が家の隣人も引っ越していったので、ついに隣家も取り壊された。解体工事が終わった夕暮れ、娘とふたりで取り壊された跡を眺めた。すっきりと隣家はなくなっていた。この羊羹の半分から、娘を幼稚園に通わせるのはためらわれ、夫の勤め先の建築会社に近い相模原市の大型分譲マンションの小さな2LDKに越すことにしたのは、父が亡くなった年の十二月だった。

翌年の四月に娘は幼稚園に入園し、幼稚園バスの止まるところまで手をつないでいって朝は見送り、午後迎えにという穏やかな生活が始まった。

しかし、六月三十日、日本脳炎予防接種の二回目を受けて帰宅途中、娘はいきなりしゃがみこみ、気持ちの悪さをうったえた。接種してから十分後ほどだった。すぐ医院に抱いていった。様子を見るようにとのことで帰宅。夕方発熱。翌日はさらに熱が上がり、頸部リンパ腺が腫れてきたので同じ医院受診。投薬はあったが、熱はいっこうに下がらず四十度近くになり、私は日本脳炎の予防接種の直後のことだから不安でたまらず、大きな病院に連れていった。小児科の先生は、薬は出しますが、安心しないで注意深く子供を見ていてくださいと言った。たぶん翌日も連れていった。先生はあとひとつ症状が加わったら、必ず急いで連れてきてください、入院ですと言った。それが何であったかは覚えていないが、ともかくひとつの症状が加わったので七月六日受診。即入院となった。病名はまだはっきりしないが、ともかく心臓です、心臓に炎症が起きているので、大きなことが起きたときは、どんなに手を尽くしても救えない場合がありますと告げられた。大きなこととは心筋梗塞のようだった。何人かの先生がみえて、先生方は川崎氏病（川崎病）と考えているようだった。私も夫もその病気について何も知識がなかった。お母さんからお子さんにひとりで入院することをよく説明してあげてくださいと言われた。

ひとりで入院しなければならないことを静かに言い聞かせたら、娘は「じゃあ、これからはパパとママふたりだけでご飯をたべるのね。かわいそうに」と言って、うつむいて涙を少しながした。四歳。子供というものは、なんて遠くを経巡るようにして自分の悲しみを伝えるものかと思った。

二人部屋で同室の男の子は三歳、喘息での入院ということだったが、もうだいぶ元気で、点滴をしている娘のそばに寄り、ときには点滴の管に引っかかりそうになりながら、自分の絵本を読んでと頼んだり、あれこれ話しかけたりしていた。娘は熱があったが、その子がかわいくてしかたないように相手をしていた。

入院直後ではないが、娘が川崎氏病かもしれないと、ある友人に電話で話した。彼女はいつものなにげない言い方で言った。

「川崎氏病、そういえば、娘の幼稚園でいっしょだった男の子に川崎氏病の子がいたわね。入院したって聞いてから全然姿を見かけない。亡くなったとは聞いてないけど」

「亡くなったとは聞いてないが姿は見かけない」という言葉は、彼女自身から離れて、遠いところからさあーと風のように吹きつけて私を吹きわたっていった。亡くなったとは聞いてないが姿は見かけない子がいるところを想像した。いつの時代もどこの国にもそういう場所はある。娘がそのようなところで生きるなら、そちら側に私も行けばよいと思った。友人との距離は変わらなかったが、世間が遠のくようだった。娘の入院中、夫は毎晩、窓を少し開けて寝た。こうしておくと娘とつながっているような気がして眠れると言っていた。

娘の病名は東京の病院から専門の医師がみえて、川崎氏病と認められた。症状からスコアを数えていっての判断だった。後遺症はおそらくないだろうとのことだった。主治医は日本脳炎の予防接種は原因というより、引きがねだろうと言った。しかし川崎氏病との判断に異を唱える医師がいた。その先生は私に「僕には川崎氏病とは思えない。では、何かということはわからないのです。ただこのお子さんをこれから注意深く育ててください。風邪をひかさないように、そして初潮を迎えるあたりでの身体の変化にも気をつけてください。二十歳《はたち》になれば、普通と考えていいです」と言った。「ということは、先生は娘が二十歳まで生きる可能性があると思われていらっしゃるのですか」先生はやさしく微笑まれた。「もちろんですよ。危険な時期は脱したのです」

私は飛び上がりたいほどうれしかった。私さえ気をつければいいのだ。仕事を抜け出して面会にきていた夫に早速報告した。夫は深く思いにとらわれたようだった。「二十歳まであの子は病気を背負うのか」と言った。私は、背負うのは私であって、子供は気にせずやっていけばよいと思っていた。子供が病気になったとき、父親と母親とでは受け止め方にずれがあるのではないか。そのときは気づかなかったが、少しずつそう思うようになった。

血沈は正常に戻っていないまま、退院の許可があり、八月八日退院。九月になり幼稚園が再開した。一日おき、午前中だけと慣らしていったが、「あした行こうかな」とだけ言って今日はよそうかとそれとなく伝える日もあった。風邪もひきやすくなり、退院後の検査もあったから休みがちだった。遠足には行きたがったが、熱を出したので休ませ、押入れから何枚か布団を出して山を作り、毛布で川を作り、昼にはふたりで布団の山の上で弁当をひろげ、川を下り、「ああ、たのしかった」と言って眠ってしまった娘のわきで私も眠った。

徐々に健康になり体力もつき、病後の経過はおおむね順調だった。教会へと連れていくうちに、娘は小学生が参加する土曜学校という集まりに入ることになった。信者である十数人の大学生がリーダーとなり司祭も指導にあたっている、教会のなかの活動のひとつである。二年生になり、同学年の友達が初聖体を受ける準備に入る頃には、自分も受けたいと思ってきたようだった。皆とともに準備の勉強を受け、洗礼、初聖体を八月、聖母被昇天祭に最も近い日曜日に受けた。洗礼名はアッシジの聖フランシスコから頂いた。女子なのでフランシスカとなる。イタリア語では、フランチェスカ。白いヴェールを被り初聖体の白い服を身にまとった娘の姿を見ながら、アッシジという町と、そこに生き小鳥にも神の話をしたという聖人フランシスコ、別の町で夫が会ったというかわいい男の子フランチェスコ君のことを思った。

その頃娘に買った絵本に『アシジのフランシスコ』（文・戸田三千雄　絵・矢野滋子　女子パウロ会発行）がある。今、その絵本を読み返すと、後年習うことになったイタリア文学史の授業で使用した教科書の筆頭にあげられていた詩が、聖フランシスコの宗教詩「被造物の賛歌」（原文と現代イタリア語が併記されていた）であったことが驚くような思いで思い出された。絵本にはシスター矢野のあたたかな絵とともに、フランシスコ会の司祭によってわかりやすく、その「被造物の賛歌」の精神が光のようにそそぎ、風のように吹きわたっている。太陽、月のみならず「死」をも兄弟姉妹（原文のイタリア語では、「死」は女性名詞なので「我らが姉妹」となっていた）として描かれている。聖フランシスコが亡くなるときのこと。

びょうきに　なって「し」が　ちかづいた　とき、こう　いって　むかえました。

「ああ　かみさまは　よい　おかた。ようこそ　ぼくの　きょうだい。ぼくを　かみさまの　ところへ　つれて　いって　くれるのは　あなたです」

聖フランシスコはきっとそのように思ったのだろうと、果てのない思いをそっと置いておくしかない。

娘がカトリック系の私立中学に入学したのを機に通学の便のよいところへ引っ越すことにした。駅から近く、しかも病院が斜め隣りと、我が家にぴったり合う中古マンションに空きが出るのを待って移り住んだ。

それから二年ほど経った頃か、夫がいきなり建築会社を辞め、自営で建築の仕事を始めてしまった。３ＬＤＫの北の五畳ちょっとの洋室に大きな製図台が置かれた。私は心構えが全くなかったから、どうなることかと思っていた。まだ元気だった義母が訪ねてきて、その狭い部屋を見回しながら、「事務所を借りるなら私がお金を出してあげてもいいよ。でもここもいいね」と言った。義母は小さい頃から商いを知っている人間だ。そのひとが

「ここもいいね」と言ったということは、ここでもやっていけるのかもしれないとわずかだが私に思わせた。

すっかり家が仕事場となった。夫が現場に行っていたり打ち合わせのため出かけていれば、仕事の電話を受けるのも、現場納めではない材料を受け取るのも、支払いをするのも私となる。建築業界は業者間では手形が多い。うちが職人さんや業者さんに支払うのはもちろん現金であったから、常に資金繰りが私の頭を占めるようになった。顧客から現金で支払われるのはどのくらいか、どの手形をいつ割ればよいか、手形を割るだけで足りるか、足りないとしたら金融公庫からいくら借りればよいか、添削のアルバイトをしながらも支払いのことが頭をよぎる。

でも不思議なもので、いつしか私もうちの生業となった建築という仕事に親しみを覚えるようになっていった。生業と呼ぶのにふさわしい一途で、ぎりぎりで、人間味のある仕事と思っていった。

3

ホテルの部屋の窓辺に、夫と娘が立っていた。鉄道駅ポルタ・ガリバルディを見下ろしながら談笑していた。食堂で朝食をとってから、私だけ同じツアーの人たちと話でもしていたのか、少し遅れて部屋のドアを開けて二人を見たとき、私は、二人はよく生きてここまで来られたと思った。一九九五年二月二十二日、ミラノの朝。ポルタ・ガリバルディ駅の遙かどこまでも曇り。

前年の晩秋、アッシジに行ってみようかと思ってから、すぐにアッシジとパリにも行けるツアーを調べた。アッシジに泊まれて、パリに三泊できるツアーがひとつあった。パリにもというのは、大学の仏文に進んだ娘の望みだった。ツアーはその名も「アッシジのプチホテルに泊るイタリアハイライトとパリ十二日間」というものだった。

夫の仕事と娘の大学の授業を調整すると、二月から三月初めにかけてしか日程がとれなかった。夫は自営を始めてすぐにバセドウ病を発症したが、もうだいぶ良くなっていた。娘は胸痛をうったえることがあり、高校生のとき、僧帽弁逸脱症候群と診断されたが、血液の逆流はわずかだから心配ないと言われていた。「二十歳になれば、普通と考えてよいです」との小児科の一人の医師の言葉はいつも私の心のなかにあった。娘は十九。でもこんなに遠くまで来てしまった。窓辺の二人の後ろ姿を、私は絵を観る人のように見つめていた。

ツアーはミラノ一泊から始まり、ヴェローナに寄り、ヴェネツィアに二泊、フィレンツェ一泊、ピサ、シエナに寄り、いよいよ目的のアッシジに一泊、さらにローマへと南下しローマで二泊、そのローマで私たち家族はオプショナルツアーのナポリ・ポンペイを予定、そしてパリへと向かう旅程であった。曇りの天気が続いた。晴れているよりも曇りのほうが街の佇まいが感じられるように思えた。しかしフィレンツェあたりから私は天気が気になりだした。アッシジの夕焼けを見ることができるだろうか。

雲が幾層にも連なる冬空の下、バスは平野を走り、アッシジの町がある丘を登っていった。着いたときにはもう日が暮れかかっていた。夕焼けは望めなかった。それでもアッシジに来ることができたのだ。夕食後も三人でサン・フランチェスコ大聖堂まで散歩して回廊を巡り、階段状の坂道をゆっくり歩いてはアッシジという場所を確かめていた。朝、窓の鎧戸を開けるとうっすらと朝焼けの空が丘の裾に広がる平原から立ちあがっていた。夕焼けは見られなかったが、私はこの朝焼けの空を心に刻んだ。

その日はちょうど日曜日で、ツアーの他の人たちは、サン・フランチェスコ大聖堂でジョットの「小鳥に説教する聖フランチェスコ」などの絵画を鑑賞したが、私たちはミサを受けることにした。バスの出発時間が決まっていたから、どちらかを選ばなくてはならなかった。娘が洗礼名を頂いたアッシジの聖フランシスコゆかりの大聖堂でミサに与かることができ、静かな喜びがあった。集合場所でバスに乗り込み、ふり返っているうちにアッシジの丘はすぐに視界から消えてしまった。はるばるとやって来た町であった。

ローマへと南下するバスの車窓に明るい黄色が燃え広がるように増えていった。この黄色に気づいたのはピサへと行く道だった。ピサより前に行ったヴェネツィアのリアルト橋の市場にもこの黄色の花枝が売られていた。いままで見たことがない明るい黄色が景色を占めてゆく。家々の垣根に、道沿いに、野辺に。オプショナルツアーで訪れたナポリでは大木が目立ち、もう花が散り始めていた。散るというよりこぼれるというふうに落ちていた。サンタ・ルチア港の見える高台で日本語の話せるイタリア人のガイドさんにその花がミモザだと教えてもらった。

バスの発車を待つ時間、こぼれていた花を拾った。小さな小さな雛のよう。なでると乾いている。見上げるとまだまだたくさんの雛がその黄色を風にふくらませていた。どこを目指して飛ぼうとしているのか。飛ぼうとしていたのか。拾った花を木の根元に戻しバスに乗った。南下するにつれ多くなっていった黄色だが、ミモザはこれからだんだんと北上して燃えさかってゆくのだった。雛たちも針路を北へ北へといっせいに。

ポンペイに行き、ローマに戻り、娘が憧れていたパリで三日間を過ごし旅は終わった。終わってからの追憶が、新たな旅の始まりだった。

ルチアーノ・パヴァロッティが歌う「ニーナの死」というくり返しの多い短調の曲を聴くと、ヴェネツィアの暗い夜を思い出した。運河のないところにも絶えず水の気配があって、壁にもなにか滴るような連続があって、その曲の「ケ　ニーナ」というくり返しに、ヴェネツィアを思った。

ポンペイの遺跡を歩いたときのあの空無な感じとともに、石膏模型となった、噴火の犠牲者のうちのひとり、妊婦の腹部のふくらみが唐突に思い出されたりした。阪神・淡路大震災から一カ月余での旅行であった。

イタリア旅行の前にイタリア映画のビデオを三本観ていた。一週間以上過ごすイタリアで、もしも話される言葉に違和感を覚えたら辛いのではないか、イタリア語はどんな音なのだろうと思ったからだ。私はあまり映画を観ない。特に家で映画のビデオを観るのは苦手だったが、三本観て、イタリア語は美しい音のようで安心した。実際現地で聞いていると、音が丸くて心地よかった。イタリアは丘陵地が多いせいもあるのか、道や路地の描く曲線がきれいだと思ったが、イタリア語の丸みと道の曲線は私のなかでは重なった。イタリア映画のビデオを次々と借りた。『カオス・シチリア物語』の冒頭あたりに花が黄色に見える樹木があったが、あれはミモザだろうかと気になった。

イタリア語のラジオ講座やテレビ講座のテキストを買って試してみたが、語学力の乏しい私には不向きだった。テキストには語学学校の宣伝が載っていた。こういうところに行って恥をかきながら勉強すれば、少しはできるようになるかもしれない。自宅で建築事務所を営んでいるから東京まで通うのは無理だろうか。あれこれ思い悩みながら一年も過ごして、一九九六年四月から都内の語学学校に通う決心をつけた。娘の大学の授業がない曜日が週に一日あったのでその曜日にした。娘を当てにしてはいけないが、家にいるときは、仕事の電話にも出てくれた。語学の勉強を始めるには遅い年齢であることは十分覚悟していた。

いよいよ始まった。三人のイタリア人の講師が週ごとに交代で教えてくれるという授業の形式をとっており、講師は皆イタリアの大学を卒業し、イタリア語の教授法を学んでいた。イタリア語のＡＢＣから始めたわけだが、勉強がこれほどおもしろいと思ったことはないほどのめり込んでいった。家では教科書付属のカセット・テープをくり返し聴き、オーバーラッピングという、テープと同時に読む練習を幾度もした。宿題もたのしみだった。たとえば動詞の時制を順々に習っていくと、次のような課題が与えられる。「親愛なる誰々」「……と私は知った」「……であることを望む」「私たちは……できるでしょう」「もしもあなたが望むなら」「またね（さようなら）」という語および表現を使って友人に手紙を書きなさい。そして例文として、友人が自分の家に来てくれるそうだから、いっしょにこんなことができるでしょう、よかったら、こういうこともしましょうといった文があげられていた。私も書いてみた。

親愛なるザンパノ
私は今、私の心のように波立つ海を見つめています。
あなたが来月この町に来ることを知りました。
あなたのサーカスがこの地で成功を収めますように。
私たちは再び会うでしょうか。

もう一度いっしょに生きることができるでしょうか。
子供を持つことができるでしょうか。
私にはわからない。
いつの日か私は風になるでしょう。
もしもあなたが望むなら
あなたのすぐそばを吹きましょう。
もしもあなたが望むなら
あなたの髪に　あなたの手に触れましょう。
さようなら。あなたは私のなかにいる。

ジェルソミーナ

フェデリコ・フェリーニ監督の映画『道』のヒロイン、ジェルソミーナが、ザンパノに宛てた手紙とした。なおイタリア語では「できるでしょう」を「できるでしょうか」と疑問文にしても、最後に疑問符をつければよいので、与えられた語で始められる。

講師からザンパノとは動物の足「ザンパ」から来ていると教わった。もともとさびしい名前であった。

イタリア語を習い始めてすぐ感じたことだが、私にはイタリア語との接点というものがない。オペラが好きということもなく、イタリア料理に興味があるということもない。何人かのイタリア人作家の本を読んでいった。そしてチェーザレ・パヴェーゼの小説『月とかがり火』のなかに、目を閉じる子を見つけた。その下肢に障害を持つ男の子チントは「時を稼《かせ》ぐために、落ちくぼんだ瞼《まぶた》を閉ざしてみせていた」（米川良夫訳）のだが、私は幼い頃、目を閉じては目を開けたときに、別の環境で生きていることを夢みていた子供であった。また、パヴェーゼの故郷、北イタリア、ピエモンテ州の丘陵地帯ランゲがその小説の舞台であったから、中学二年の一学期まで過ごした杉並の丘を重ねながら読んでもいたのだろう。パヴェーゼの日本語に翻訳された小説を読んだ。『月とかがり火』が一番良かった。なによりも気にかかったのは、作家チェーザレ・パヴェーゼの宿命的とも言える孤独感だった。

パヴェーゼの生まれ故郷丘陵地帯ランゲに行ってみたい、ランゲ地方の小さな村サント・ステーファノ・ベルボにも、できたら人手に渡ったもののそこにまだ存在するらしい彼の生家にも、やがて彼はトリノに移ったというが、そのトリノにも行ってみたいと夢想した。

ある講師と雑談していた折、イタリアにはいつ行ったのかと聞かれたので、三年前一度だけですと答えたら、ユウコも歳だろう、いつなにがあるかわからないから行くとよい、必ず勉強の励みになると言ってくれた。イタリア語を習い始めて二年近くになっていた。娘はその春大学を卒業し就職が決まっていた。その企業では新入社員は四月から十一月頃まで、研修施設に泊まり込んでの研修を受ける。その間ならイタリアに行きやすい。講師たちにイタリアを旅行するのに一番よい季節はいつかと尋ねると、一様に六月と答える。そして夫が最初に旅をしたのも五月の終わりから六月であった。

ある旅行会社に個人旅行として相談してみた。五月二十七日から六月十日、ローマから北上してアッシジに三泊を入れ、北イタリアのトリノ、ランゲの町であるアルバを訪ねるというものだった。途中のヴィテルボ、オルテ、ランゲのアルバなど小さな町のホテルには私が電話で予約を入れることにして、ローマなど大都市はその旅行会社の契約ホテルに宿泊予約を依頼した。

ヴィテルボのホテルに予約の電話をかけた。電話をとったのは女の人だった。まるで糸電話の糸が上下に二本平行に張ってあるようだった。上の糸が私、ずっと下の糸がイタリアの人。声の出し方が違うということが電話ではこんなにはっきりわかるものなのか。深く低い声を聞きながら、自分の出す細い糸を空《くう》に見つめ、イタリア語の遠さを思っていた。

4

花期が長いのか、花盛りの赤いヒナゲシがローマから北上する旅を伴走してくれるように咲いていた。枕木の間にも、土手にも、遠くの野辺にも。

一九九八年五月二十七日から六月十日。夫とふたりだけの旅だったので、最初は移動手段に慣れるのに大変だった。ローマの空港から、ローマ・テルミニ駅近くのホテルまでのタクシーでは、旅行会社にあらかじめ聞いておいたおおよその金額の倍以上を請求された。よくあることらしい。東京のイタリア商業銀行まで行って準備しておいた通貨リラだったので気落ちした。夫は「少なく支払っていたのなら悪かったなと後悔するけれど、多く支払ったのだから、相手は喜んだだろう」と言ったが、たしかに、そのくらいおおらかな気持ちにならないと異国での旅は続けられない。

翌日ローマから、かつて教皇庁が置かれていたヴィテルボに向かおうとしたら、鉄道工事のため、ある区間運転していないということで、地下鉄、列車、バス、列車と乗り継がなければならなかった。テルミニ駅で買った時刻表にも工事中との説明文だけでダイヤは載っていない。駅員に教えてもらったように地下鉄でオスティエンセ駅に行き、そこからピネト行きの列車に乗った。これで大丈夫なのだろうかと不安だった私たちに、乗り合わせた高校生と思われる物静かな若者が、通学用のバッグから一枚の臨時時刻表を取り出して、ヴィテルボまでの乗り継ぎ方を説明してくれた。列車を降りるとき、若者は私たちからほんの少し離れた位置にいて、バスの中でもやはりそうであった。彼は終点まで行かず、私たちに「僕はここで」とさりげなく声をかけて降りていった。「ほんとうにありがとう」若者は小さな町の午後の通りを歩いていった。寡黙な騎士のように。

列車の切符は前日に買っておく。バスは車内に次の停留所の掲示案内もアナウンスもないので、乗車したらすぐに運転手に目的地を告げておく。ひとつひとつ会得するしかない。旅もまた生活であった。移動の緊張をほどくとき、車窓のヒナゲシが目にはいった。どこに咲いていても光を受けて喜ぶように咲いている。

アッシジでは、ヴィテルボから熱を出していた夫の「夕焼けを見ておいでよ」の声に送られて、見晴らしのよいところに出かけた。空はうすい薔薇色のはなびらになり、町は一枚のはなびらのなかにゆっくりと暮れていった。

アッシジからはフィレンツェへ向かい、フィレンツェで下車し簡単な昼食をとった。そこから超特急ユーロスター・イタリアでボローニャに向かう予定であった。ユーロスターが発車するホームに行くと人垣があり、事故の様子であった。ユーロスターとは反対側の線路に列車が停車しており、年配の男のひとが列車の下敷きになっていた。胸から下が車体に押さえつけられて身動きができない。意識はしっかりしている。やはり年配の、妻と思われるひとがホームに跪き、静かに励ましている。フィレンツェ駅のすべての列車が止まった。駅員のすべてがそのひとの救出に向けて動いているかのよう。私たちの指定されていた座席は事故現場のすぐ横であったから、救出までの一部始終を感じることとなった。乗客のひとりが「渡ったのね」と言っていた。イタリアの駅のホームは低い。ホームからホームへと渡る姿を何度か見かけた。あるいは誤って落ちたところに列車が来たのかもしれない。老婦人は泣き叫ぶこともなく、跪いたまま静かに呼びかけていた。ついに救出された。担架で運ばれていくそのひとに老婦人は静かにつき従った。

滑り出すようにユーロスターは発車した。事故の説明などなかったように記憶している。事故があれば、遅れるのはあたりまえ、助けることだけに向けられた清潔な時間であった。

ボローニャは大変美しい町だと聞いていたが、事故の残像が頭から離れない。祈りの姿そのもので跪いていた老婦人の姿が目に焼きついたままだった。

トリノに着いた。イタリア語の教科書に載っていた整然とした街の写真を見てはチェーザレ・パヴェーゼが生きた場所だとあこがれていたその街に、やっと来ることができた。熱を出していた夫もアッシジでよく休みすっかり元気になっていたので、トリノでは訪れたいと思っていた場所を廻った。まずポー川の岸辺、パヴェーゼが学んだトリノ大学、サバウダ美術館、エジプト博物館。

あれはどこの通りを渡っていたときだろう、ひとりの手足が短い男のひとが車道のすぐ脇に立ち、手を振り続けていた。ヒッチハイクかもしれないと思いながらその広い通りを渡った。車は止まらない。どの車も素通りだ。と、一台の車がすうっとそのひとに近づき、車の窓から腕が伸び、紙幣が手渡された。そして車は過ぎていった。男のひとは相変わらず手を振り続けていた。「車のひとは何て言ったのかしら」と夫に聞くと、「自分は乗せられないけれど、これでタクシーに乗ってくださいという意味だろうかね」と言った。不思議な光景に思えて、なぜかひとつの詩を思い出していた。安藤元雄「メルヘン」（『安藤元雄詩集』思潮社）。その最初の六行。

夕暮れ　ふと白い手袋が街角を行きかようことがあり
そのとき人は　いつもより今日は
何だか疲れたと思い　いつよりも
街が傾いているようだと思うのだが
そのくせよく考えてみると疲れているのだか
果して傾いているのだかわからなくなるのであった

手から手へと渡っていったのも紙幣ではなく「白い手袋」であったような……トリノという街はそんな不思議な街であった。この詩の十行目に「この街は濃霧の季節を持ってて」とあるが、トリノも霧が多いらしい。霧ではないが、近代美術館の帰り、小雨が降った。石造りの柱廊のおかげで傘もいらなかったが、この旅で、雨が降ったのは、トリノの夕暮れだけだった。

次は「夜明け」という名の町に行った。アルバ。この町の大聖堂の入口に捨てられていたのが、『月とかがり火』の語り手で、主人公である「わたし」である。その大聖堂に行ってみた。入口は暗い。捨てられていたという存在の在り方が、パヴェーゼの原風景だったのだろうか。町を歩いた。町外れの病院の窓から患者がひとり通りを見下ろしていて、ふと目が合った。

翌日の日曜日早朝、列車、バスを乗り継いで、ランゲ丘陵のサント・ステーファノ・ベルボへと向かった。いままでは点あるいは線として咲いていたヒナゲシが、ここでは面として咲いている。丘の裾に一面のヒナゲシ。『月とかがり火』に出てくる美しい娘、ヒナゲシの芯のような黒い瞳のサンタ・サンティーナが咲いている。

バスを降り、道すがら「チェーザレ・パヴェーゼの生家はどこか教えていただけますか」と聞くと、イタリア語の語順では「チェーザレ・パヴェーゼの」が最後にくるのだが、みな私といっしょに「チェーザレ・パヴェーゼの」と声を合わせる。「生家」と言えば、ここでは「チェーザレ・パヴェーゼの」となるようだ。うれしかった。

生家は街道沿いにあった。一見校舎のようにも見える大きな家だった。屋根は洋瓦、塗り壁の色はオレンジとピンクの間のような色、鎧戸は白く塗られている。人手に渡っているとのことだが、正面玄関の前には椅子やテーブル、そして白い大きなパラソルが立っていて、庭には彫刻が点在している。博物館などの表示はなかったが、一般に開放されているように見えた。列車やバスを乗り継いでやっと辿り着いたのだ。呼び鈴はなかったので、閉まっている門を押してみた。鍵はかかっておらず、門は開いた。広い庭は大きな木々が茂り、片隅にクリーム色の薔薇の花が満開だった。

展覧会のお知らせが玄関に張ってあった。十時から始まるとのこと。十時まで待ってみることにした。門の彼方にランゲの丘陵が見える。なだらかな丘の斜面には縞模様をなす葡萄畑。

やがてひとりの紳士が門から入って来た。展覧会は彼の絵の作品展であった。パステル画が多く、やわらかな色彩でランゲを描いていた。葡萄の収穫の頃のランゲ、雪に埋もれたランゲ、花と若葉のランゲ、そしてランゲで働く農家の人々。画家は日本からここまでやって来るのは珍しいと言って、正面玄関から見て左手にある建物に案内してくれた。パヴェーゼに関する展示室だった。作品の原稿、トリノ大学の卒業論文、眼鏡、幼い日からの写真。そしてパヴェーゼが使ったという揺りかご。諸外国語に訳された『月とかがり火』。邦訳はなかった。パヴェーゼを原書で読んだのかと聞かれたので、翻訳でと答えたら、ぜひ原書で読むようにと言った。昔はワインを造っていたという半地下の部屋も案内してくれて、葡萄をこうやって足で踏むのだと説明してくれた。画家は来訪者との応対があるので、お礼を言って別れたが、『パヴェーゼの丘』という刊行物の最新号と前号二冊を下さった。生家がパヴェーゼの研究所になっていて刊行物はそこで発行されているのだった。

本数の少ないバスの時間に合わせて、生家をあとにした。壁が気品のある黄白色の教会に寄ってから、しばらくバスを待った。生家の庭には、パヴェーゼの胸像があり、彼のこんな言葉が台に彫りつけてあった。

「彼は走った　そこで生まれ　詩人になることを夢みた家までの　白く長い道を」「白く長い道」とは、結局彼の作品だろう。バスが来た。

5

山と丘とはあなたの前に声を放って喜び歌い、
野にある木はみな手を打つ。

二〇〇一年四月十四日、マルペンサ空港からリムジンバスでミラノ中央駅に向かう折、車窓にうっすらと緑がかる若葉を見て、旧約聖書のイザヤ書にある言葉を思い出していた。喜んで手を打っていたのは、木ではなく私だったのだろう。前の旅からは三年近く経っていた。今回は一人旅であった。旅の計画は心がけていたのだが、機会が見つからなかった。家族が病気ではなく、トロントでの仕事が多くなった娘（就職して家を出ていた）が日本にいるとき、そして、家業の建築の仕事が比較的楽な工事を請け負っているときとなると、いつのまにか三年も経っていた。ミラノに四日、アスティに四日といっても、十日も留守にすることになる。主婦としては限度であったが、イタリアに着いたら家のことは時々電話を入れるだけで心配しないことにした。

一泊目は中央駅近くに宿を取り、翌日ドゥオモ近くのホテルに移った。この旅では、ひっそりとイタリアに紛れ込むように過ごしてみたいと思っていた。

ミラノ出身のイタリア語講師に行ってみるといいと勧められた場所は、メルカンティ広場、サンタンブロージョ聖堂、ミケランジェロ作の「ロンダニーニのピエタ」があるスフォルツェスコ城だった。そのひとつサンタンブロージョ聖堂を出て、国立レオナルド・ダ・ヴィンチ科学技術博物館までのわずかな道でふと人通りが途絶えた。鎧戸の閉まったままの家の脇を通っていたときのこと。私はここに置かれているという思いがした。誰かによって、ここにずっと前から。しんと静かな感覚であった。その辺りの雰囲気ゆえに起きた感覚だろうが、旅の間中そっと被せられたショールのようにその感覚に包まれていた。「ロンダニーニのピエタ」には言葉もなかった。遺作であり、未完であろうが、魂が剝きだしのまますずり落ちるように未完を続けているのだった。大木のハナズオウの咲く道を帰って行くしかなかった（その衝撃はだいぶ後になり「四月の群像」という詩になった）。

ドゥオモ近くの大きな書店に入った。詩集の棚から幾冊かとり出し椅子に腰かけパラパラとページをめくった。エウジェーニオ・モンターレの『烏賊《いか》の骨』に惹かれた。礫《つぶて》のようだったり、大きく張られた布が揺れるようだったりする詩のリズムに惹かれたのかもしれない。その詩集の初めには、彼の生涯や作品について書かれた解説文があり、生涯の項は、彼が亡くなる前に書いていたという言葉で終わっていた。「一人の人間であろうと努めた、もはやあまりにも」その詩集と小さな辞書を買ってホテルに帰った。

日本にいるときは、日が傾く頃から夕暮れて夜になるまでの時間が耐えがたく思えることが小さな頃からしばしばあった。ところがイタリアではその時間こそがたのしみだった。ホテルの窓辺で空が変化していき、それにつれ町の家々の屋根や壁が照らされ、やがて少しずつ暗くなっていくのを飽きもせず何時間も眺めて過ごした。建物に遮られた小さな空でもよかった。

ミラノの南西百キロほどのところに位置するアスティへは、アレッサンドリアを経由して列車で行った。ピエモンテ州アスティはワインの産地として有名であるが、私はランゲ丘陵へと出やすいかと思ってこの町に宿泊を決めたのだった。アスティは悲劇作家のヴィットリオ・アルフィエーリの生まれた町で、その名を冠した三角形の大広場と長い通りがあり、町の地形は方向音痴の私にもわかりやすかった。観光客もあまりいない穏やかな町をのんびりとした気持ちで、大聖堂やサン・ピエトロの円堂、考古学博物館など散策した。

チェーザレ・パヴェーゼの生家があるランゲ丘陵のサント・ステーファノ・ベルボへ行くには、鉄橋工事のためアスティ駅から臨時の連絡バスで隣の鉄道駅まで行き、そこから列車、ローカル線と乗り継ぐ必要があった。ローカル線の本数が二時間に一本と少ないので朝早く出発した。生家の展示室に『月とかがり火』の米川良夫訳を持って行くのが、この旅の主たる目的であった。乗り換えはスムーズにいったが、サント・ステーファノ・ベルボ駅は無人駅で、駅前にはタクシーもなく街道が一本あるだけ。駅を中心として町があるのではなく、町からは遠く鉄道は走っているのだ。この街道を行くしかない。パヴェーゼが生きていた頃もこんな風景だったのではないかと思われる閑散とした街道をひたすら歩き、見覚えのある黄白色の教会の鐘楼を目印にして、五十分、生家に着く。展示室には誰もいなかったので、「この丘に集うみなさまへ」としたメモを挟んで、邦訳を置いて帰り道を急いだ。

翌日は、アスティを明日は発つという日だったので、土産の菓子を買い、また同じランゲを走る鉄道に乗ってニッツア・モンフェラートという町に行った。ローカル線の駅を降りるとき、一人の若い女性が私の前を歩いていた。下肢を引きずり大きく身体が揺れている。『月とかがり火』の少年チントを私は思い出していた。その女性の動きは駅を出た途端、快活になり激しく揺れた。動きの方向を見ると、若者が彼女めがけて走って来る。彼女はその快活な動きのまま、彼へと身を投げ、二人は駅前で抱擁しあった。か細いチントもこうなっているかもしれない。小説の外で。

ローカル線は二時間に一本だから、私は二時間このベルボ渓谷の町を彷徨う。午後のその時間は商店も閉まっている。狭い柱廊を端から端まで歩き、ベルボ川沿いの教会で休んだ。聖堂の片隅にあるマリア像の周囲には「男の赤ちゃんが生まれました」「女の赤ちゃんが生まれました」とアップリケされた、布で作った人形がたくさん下げられている。男の赤ちゃんには青いリボンが縫い付けてあり、女の赤ちゃんにはピンクのリボン。無事出産のお礼の奉納のようなものだろうか。あたたかな空間だった。これは、ひとつの風習で、ふつうは玄関などに飾り、待ちに待った赤ちゃんのときなど、とても長いリボンを結ぶこともあるそうだ。ベルボ川の冷たい川風に吹かれ、その町をあとにした。

アスティに戻ると、駅では切符売り場が混雑している。何事だろうかと注意して聴いていると、今夜から明日の午後まで鉄道がストに入るという。私は明日ミラノに向かい、夜の便で帰国するので、窓口で相談した。夜の便なら大丈夫ではないかとのこと。ただしストは延長される場合もあり、またストでも何本か運行されることもあるので、できるだけ早めに出発するといいと言われた。ホテルに帰りフロントに話すと、すでにストのことは知っていて、私の場合、アレッサンドリア経由でミラノに行くのではなく、地図上はミラノから遠くなるように見えても北西へ五、六十キロの大都市トリノに出たほうがよいと勧める。このようなときは、一番近い大都市に出るのが得策らしい。トリノに出れば、ミラノまでの移動手段は幾通りもある。小さな町を経由した列車が途中で止まったら、身動きができない。明朝は駅に早く行き、とにかくトリノ行きが来たら、それに乗るようにと教えてくれた。

翌朝、朝食もそこそこに駅に行く。ミラノ行きもトリノ行きも来ない。どれくらい待った頃か、駅員が「トリノに行くひと！」と大声で呼びかけた。バスがもうじきどこどこの停留所を通るから行くといいと言う。みなだーっと駆けだす。停留所がどこかわからない私もそのあとを追って駆ける。長距離バスが来た。バスの車窓からアルプスが遠くに白く見えた。やがてトリノに着いた。まだ午前中だったが、ともかくミラノに行こうと思い、つまし間引き運転していたミラノ行き列車に乗った。コンパートメントの前の座席には、つましい服装の二人連れが座った。背の高い男のひとは親戚の話題を眠そうに話しており、ころころとした女のひとは、それに答えながら雑誌のクロスワードパズルに熱中していた。ミラノまでは二時間ほど。朝からの緊張が緩んだのだろう、眠気が襲う。コンパートメントの中では、気をつけるようにと、たしか旅の本に書いてあったけれども。スーツケースのベルトを腕に巻きつけるようにしたまま、いつのまにかうとうとしていると、「ミラノ・チェントラーレ」のアナウンス。ミラノ中央駅終点である。前の二人連れは、まだぼんやりしている私を心配してか、それとなく教えるように「ミラノ・チェントラーレだよな」「ミラノ・チェントラーレよね」と駅名をくり返してくれていた。私はお礼を言った。「とうとうミラノ中央駅に着いたのですね。ありがとう」二人からすばらしい笑顔が返ってきた。幸せな旅が幸せに終わった。

旅から一年後、もう、広くいろいろな話題を勉強するのではなく、イタリア文学に絞ってみようと思い、別の語学学校の「ウンベルト・エーコの『薔薇の名前』講読」のクラスに編入試験を受けて入れてもらった。すでに二百ページは終わっていたので、残り三百ページ余をイタリア人講師と一年かけて読んだ。僧院で次々と起こる殺人事件、そして異端審問、その時間は中世に立ち会うような驚きであった。サルヴァトーレという名の人物が心に残った。彼は母国語というものを持たない。あちこち放浪して生きざるを得なかったので、彼の言葉はいろいろな言語が混ざってしまっている。したがって彼の言葉は不正確で短い。中世でなくとも現代にも彼のような境涯を生きているひとは多いのではないだろうか。彼の言葉が哀切に思えた。追われ追われて物語のなか消えていった。

6

私のうつ病は、いつからどのように始まっていたのだろう。原因も思い当たらないが、たしかなことは、二〇〇三年四月十五日、久しぶりにかかりつけの内科医院に行っている。

前夜一睡もしなかったからだが、一晩くらいなら、様子をみてもよかった。ただ翌日から五日間の沖縄旅行を控えていたので、眠れないと旅がつらくなるだろうと思って相談に行き、入眠剤が処方された。三、四年に一度ほど不眠症になることは、いままでもあった。沖縄旅行は、結婚が決まっていた娘から、家族三人で旅行をしましょうというプレゼントだった。

沖縄本島、竹富島、石垣島。花から花へと渡ってゆくような旅だった。街路樹の黄色いイッペイの花、打ち捨てられた原っぱを覆い尽くし咲いていた青いノアサガオ、あふれるほどのブーゲンビリア、青い灯がともったように咲くつる性のベンガルヤハズカズラ。

二泊した竹富島では、海に夕日が沈むのを三人で見に行った。西桟橋の浜から、宿のあるうつくしい集落までの帰り道。昼間、観光客を乗せた車を引いて島を巡っていた水牛たちも、その時刻、牛舎で休んでいた。どこもかしこも静かな島だった。珊瑚礁の砂でできた白い道が、夕暮れに白さを増していた。

沖縄から帰ると、留守電にたくさんのメッセージが入っていた。そのなかに夫の叔父が亡くなったという知らせがあった。夫は仕事が立て込んでいたので、私だけが告別式に出席した。骨上げのとき、終えて戻ろうとすると、床に白いものが転がっている。お骨だった。私がしたのだろうか、着ているもので引っかけてしまったのだろうか。どきどきしながら床のお骨をそっと拾い紙に包んで、叔父の孫にあたる青年に預けた。ほとんどの人が気づかない一瞬のできごとだった。もし私が気づかず踏んでしまっていたら、と考えると心底怖かった。「からくも」そんな事態を免れたと思った。「からくも」とくり返し心のなかで呟いていた。帰宅してから、夫の携帯に電話した。「ああ、そうだとしても叔父さんは立ち去りがたくてくっついて来たんだよ」と夫は笑って言った。私も生前の叔父の優しいたたずまいを思うと、そんなふうに考えたかった。それでも、北村太郎の詩「どうか／泣かないで、骨を／ひろう人たちよ、泣いて昭彦と／和子の骨を落としたりしないでください」が、頭のなかで回り続けた。

添削の仕事では、最後に大きな字で総得点を書き込むとき、手が震え、左手で右手を押さえて記入した。

イタリア語の講読はエーコの『薔薇の名前』が終わり、同じ講師によって「イタリア文学史」を学び始めていた。教科書を開いたとき、それはほとんど詩の歴史のように思えてたのしみだった。しかし、聖フランチェスコの「被造物の賛歌」のあと、十三世紀の宗教詩人ヤコポーネ・ダ・トーディの「スタバット・マテル」が歌われているＣＤを授業で聴いているとき、もうここへは来られないだろうと思った。「悲しみに沈み聖母はたたずむ……」嘆きの歌声が河のように背を流れた。

不眠もいままでとは異なるしつこさがあった。入眠剤を飲んでも一時間後には、覚醒するように目が覚めてしまう。仕方なく本を開くが内容を理解できない。何を食べても美味しいと思わない。体重が減っていった。嗅覚だけが鋭くなり、タマネギやニラを切っていると、匂いに押し倒されるようだった。一歩外に出ると、家の周囲にはないはずの栗の花の匂いにめまいを覚えた。五月の連休が過ぎた頃には何かに絶えず追いかけられているような焦りに侵されていた。内科に行ってそのような状態を話すと、抗うつ剤が処方されたようだが、それらの薬が効くよりも速く、日ごとに悪くなっていった。

じっとしていることができない。じっとしていることができない自分をなんとか宥めなければならない。洗濯物が乾いたかどうか見に行こうか、と自分に言う。ベランダに行って干した衣類に触ってみる。やはり濡れている。乾いているはずはない。さっき干したばかりなのだから。でもそのように口実を作り、動き回り、自分の気を済ませなければどうしようもなかった。とうとう起きている間は、五秒しかじっとしていられなくなったとき、娘の携帯に電話をかけ助けを求めた。娘が内科医院にいっしょに来てくれて、精神科への紹介状をもらった。その精神科は、娘が幼い日入院した総合病院にあった。五月二十日受診となった。

人の世にあって、私はもう人ではなく人のふりをしているだけ。すでに尻尾か羽が生えているのではないだろうか。私の異変に誰かが気づいて、そこに波やうねりが起きたりしないように、なにげない様子で移動するのに必死だった。立ち止まったり、椅子に腰かけたりするときは、人ではないものになっているかもしれない自分をそっとたたむようにして、その「止まる」という行為を行う。しかし止まっていられるのは五秒だけ。また私が私を追いたてる。ふり向くと、付き添って来た娘が微笑んでいる。「大丈夫よ。そうしていらっしゃい」と微笑んでいる。

ようやく私の名前が呼ばれた。問診は一時間ほどに及んだ。初診は毎日三名だけと決まっており、一人に一時間ほどかけるようだ。その間椅子に座り続けるという行為はとてもつらく何度も顔を両手で覆った。「自分をみじめだと思いますか」「特に自分が、とは思いません。私にある悲しさはほかの人にもあるのではないかと」「何か声が聞こえることはありますか」「それはないです」問われることに懸命に答えながらも、いつ診察は終わるのだろうかとばかり思っていた。不眠、食欲不振等よりもつらい、この五秒ごとに動き回らなくてはならないつらさを訴えると、医師はそれが一番つらいことだからと言って、場合によっては入院も考えましょう、入院したほうが強い処置ができますからと言った。「強い処置」という言葉に、ここ数日、なんとかして五秒ごとの衝動を終わらせたいと、自分の頭を叩いたり身体を壁にぶつけてみたりしたことを思い出した。「うつ病」と告げられた。内科でもらっていたのとは異なる抗うつ剤、精神安定剤、睡眠薬が出された。

帰宅して昼食を少しとってから、処方された安定剤を一錠飲み、ベッドに横になった。枕元に座る娘に、イラクの子がウラン粉末の缶とも知らず、その黄色の缶に水を貯めていたという新聞の記事のことなどをぽつりぽつり話していて、ふと気づいた。さっきから同じ姿勢を五秒以上とっているのではないか。数を数えた。五まで数えても追いたててくるものがない。じっと一か所にいることができた。薬が効いたのだった。

六月からは二週間に一度の通院となった。徐々にこの病気は長くかかりそうだとわかっていった。イタリア語はやめ、添削の仕事はしばらく休職してから、結局やめた。予定表からひとつひとつ消えていった。日が落ちてから買い物に出る以外、外出はせず一日を影のようにひっそり過ごした。夫が通院に付き添った日、医師は「奥さんは家事はどのようですか。食事など作っていますか」と聞いていた。夫は「おかずの品数はたしかに少ないですが、その一品に集中して作るからか、前よりもむしろ美味しいです」と、にこっとしながら答えていた。

秋になると、やっと峠を越えて見晴らしのよいところに辿り着いたような気分のよい日が出てきた。医師は、これからは季節もよくなりますからねと言い、安定剤を減らすことになった。「徘徊はありませんね」と聞かれた。「ありません」と答えながら、あの五秒ごとに動き回っていたのは、「徘徊」というのだと知った。

十二月には娘の結婚式が控えていた。お父さんとお母さんが出席してくれればそれだけでうれしい、準備は全部自分たちでするから、と娘は言った。十二月、異国の都市で、縁あって家族となる人びとのあたたかさに包まれて、無事祝うことができた。

翌年の初めから抗うつ剤が徐々に減らされた。特に問題もなく減っていき、四月にはイタリア文学史の講座にも復帰した。四月二十三日の診察日から抗うつ剤はまったく飲まないことになった。二十五日、日曜日の夕方、ふいに私の後ろでバリバリという金属音がした。裏の駐車場で何かあったのかもしれないと思い玄関へ向かった。するとさっきの金属音が私の後ろに回って鳴った。私が動くと鳴る。私のなかにその音はあるのだった。音というか、衝撃のようなもの。ソファに腰かけるというような弾みのつく動きから、化粧のパフを顔にあてるといったわずかな動きまでが、その音のようなものを起こす。主治医の再診は、金曜日だけなので、頭のことでもあるようだからと、同じ病院の脳外科を受診。検査の結果、脳には異常はないとのことだった。連休明けに、予約外で精神科に行った。「抗うつ剤の離脱症状じゃないかな」とのこと。そういう症状が出るかは、人によりけりだそうだ。抗うつ剤をすぐには戻さないで様子をみて、それからやめる直前の量に戻された。飲むと翌日あたりから、音がしない。しかし前には覚えなかった疲労感に一日襲われた。抗うつ剤を服用すると、翌日は音がしなくなったことを医師に伝えると、抗うつ剤は通常それほどすぐには効果が出ないので、離脱症状ではないのかもしれないということだった。うつ病はもう治ったと自分でも思えてきたのに、そして医師も十分注意してくださったのに、薬を減らす段階で足踏みしてしまったようだ。

どのようにしてこの気持ちの悪い音を紛らわせようかと考えた。小さな庭の草取りをした。庭のすぐ前は公園で、桜や銀杏、榎などの木々がある。木々を渡って風が吹く。十三歳まで過ごした杉並の丘の林にいるような気がした。胸の林を風が吹いていく。

サンノゼに行くことにした。娘が八月に仕事でしばらく滞在すると聞いた。初めサンフランシスコに行くのだと思っていた。毎朝、新聞でサンフランシスコの気温と天気を確かめた。晴れているのに涼しい。その年（二〇〇四年）、日本は三十度を超す暑い日が続いていた。朝から晩まで熱の塊が脇に立っているようだった。

抗うつ剤を止めようと思っていた。抗うつ剤を一錠飲むと次の日は、頭の音は消失する。でも投げ出したくなるようなだるさが一日中あった。翌日はだるさもなくなり、頭も静かだった。そして、三日目、再び頭は賑やかに鳴り出す。このくり返しをどうにかしたい。医師は、その音が我慢できないほどつらいのならば、他の薬を出してもよいが、うつ病は治っているので薬から離れたほうがよいと考えているようだった。

サンフランシスコ……いいな、帰りにはしばらく行っていないイタリアにも回れるかもしれない、娘の誕生日はサンフランシスコのチャイナタウンでというのもいいだろう、それに八月なら家業も休みやすいし、とひとり夢を見続けた。

「このごろ朝起きるとまず何か楽しいことを考えつこうとします。けさはサンフランシスコとローマの夏の旅でした……」と夕べの夢の話でもするように娘にメールを送ったら、いっしょに行きましょう、とすぐ返事があった。「でも私が行くのは、サンフランシスコではなくて、サンノゼよ」

古い地図でサンノゼを探した。サンフランシスコの南東にあり、シリコンバレーと呼ばれるところだ。夫は私の状態で大丈夫だろうかと危惧していたが、私たちの息子になった青年が「行ってくるといいですよ。お母さんはもうこんなに元気になったのですから」と背中を押してくれた。彼は日本での仕事が忙しく夏休みを取れそうになかった。

八月一日、出発の朝、彼は成田空港行きバスの発着所まで車で送ってくれた。「先週サンノゼに行こうかなと言って、きょうはもう出発なんだから」とおかしそうに娘に言ったそうだ。私たちがバスに乗り込むと、駐車場まで歩いていく背の高い彼の姿が、バスの窓から見えた。白い陽炎のような真夏の午前の通りを、横断歩道で立ち止まったり、私たちの乗ったバスのほうをふり返ったりして、ゆっくり歩いていった。

サンノゼはサンフランシスコから車で一時間ほどの落ち着いた美しい街だった。しばらく歩けば砂漠の端に行き着きそうな乾いた感じが街の遠景にある。梅干しを作るときに使う赤ジソをたくさん集めたような濃い紫色の不思議な木が、住宅の庭にも、舗道の脇にもある。遠くの丘は薄茶色でなめらかな感じで、休んでいる大きな動物の背に見える。もうどのくらい休んでいるのか。その背にもまばらに紫色の木。春にはその木は緑色になるそうだ。幹に近い枝に緑色から紫色になる途中の葉も見つけた。どうやら、その木は雨の降らないサンノゼの夏をそのような姿になってしのいでいるらしい。白く枯れたようになって過ごしている小木もある。毎日晴れてからっと乾燥していて、どこまでも露草色の青空が広がっている。気温は最高でも二十六、七度で快適だった。

泊まったホテルは、長期滞在者用でキッチンや家具が備わっていた。キッチンはコーナー型で、シンクから右に向くとグリルがあり、シンクの左下に食器洗い機があって自宅の台所とそっくりだった。冷蔵庫の位置も同じだった。広い通りを渡ったところにあるアルバートソンズという広大なスーパーマーケットで買ったカリフォルニア米やナマズ、かぼちゃなどを、コンパクトなキッチンで調理した。台所仕事をしていると気持ちがしんと落ち着く。「君のおぼえた小さな技術をいつくしみ、その中にやすらえ」というマルクス・アウレーリウスの言葉を思い出していた。夕刻、仕事場から戻った娘は、「廊下にも、いい匂いがしていたよ」と言った。

列車に乗ってサンノゼのダウンタウンであるサンタクララに行く日も、さらに列車を乗り継いで、サンフランシスコまで遠出する日もあった。列車の振動音か、私の頭の音か、ときどき分からなくなった。この音を自分のものとして取り込む練習をしているようだった。列車がサンフランシスコに近づくと、丘に低く雲が流れていた。滞在中三度、日帰りで出かけたサンフランシスコは、晴れた日も雲が出るとたちまち肌寒くなった。夫は坂の多い街の景観や美術を楽しみ、私は行き交う人々が、どこから何世代前ぐらいにこの地に来たのだろうかと思いをはせていた。日が陰り始める頃には、あの一日中くっきりと晴れて穏やかなサンノゼに帰りたくなった。夕刻、列車がホテルに近い駅サンタテレサに着くと、駅前に娘の青いレンタカーが見えた。私たちが小さな旅から戻る時間に合わせて仕事を終わらせて、駅まで迎えに来ているのだった。透明なセロファンを重ねるように青さが濃くなりもう群青色になっている夕空の下で、きょうも遠くまでよく行ってきたわね、と娘はいつも微笑みながら待っていた。

サンノゼで十七日間過ごし、私たち夫婦は帰国した。その間抗うつ剤は一錠だけしか飲まなかった。遠い街で抗うつ剤を手放せた。旅の荷物を整理しているとき、私のバッグから紫色のものがぱらぱらとこぼれ落ちた。あのシソに似ていた木の葉のかけらだった。

翌年は夫の入院が控えていたので、暮れに、教会で販売している手帳を初めて購入した。

手術の説明や治療の予定を書き込むつもりであった。その手帳のなかほどに黙想のヒントとして「人生の指針」というものが書かれていた。作者不詳、訳／椿歌子となっている。その一節に目が留まった。「あなたの心の一番近くにあるものも／ないがしろにはしないで。／命と同じくらい大切にして／それにしがみついて　はなさないで。／なぜなら　それがなかったら　人生は無意味だから。」その「一番近くにあるものも」の助詞の「も」を見つめていると涙がこぼれた。ないがしろにしてきたものがあるように。そしてそれが何か分かっているように。

年が変わり、夫が退院した三月頃、パソコンに向かった。イタリア語で文章を書こうと思ったが、何も浮かんでこない。日本語ではと思ったが、やはり手は止まったままだ。仕方なく自分のうつ病について書き留めておくことにした。順を追って書いた。少し書いて読み直すと、文が以前よりもなげやりになったような気がして、深夜幾度も書き直した。その作業のなか、かすかに思ったことがある。たしかになげやりではあるが、文が飛んだり屈折したりしているとも言えないだろうか。そこに詩が隠れてはいないだろうか。暗闇の隅で動物がわずかに身じろぐようであった。

一年前に再び通い始めたイタリア文学史の講座では、自分から挑んでゆくような楽しさがいつしかなくなっていた。通うたびに増えていくのではなく、逆に削られていく痛みのような感覚だけが残るのだ。それでもイタリア語には未練があった。一度カルチャースクールなどの一回限りの公開講座を受けてみて、現在の文学史の勉強を続けるかどうかを決めてみようと考えた。そうしたものをときどき受けるという形のほうが楽かもしれない。インターネットで調べると「イタリア語の方言いろいろ」という公開講座の案内がみつかった。二〇〇五年五月末、その受講料を払いに横浜まで出かけた。帰りがけ、講座のパンフレットが並べられている棚が目に入った。現代詩の講座、詩の提出は任意とある。そのパンフレット一枚を持ち帰った。

「ユキヤナギを売りに」という一篇を書き、それを不安な気持ちで携えて、六月の終わりの日曜日、現代詩の講座に向かった。どうやら詩として扱われたようで、うれしくて横浜駅までの帰り道を迷ってしまったほどだ。一方、七月に受けた「イタリア語の方言いろいろ」の公開講座は、二時間の授業半ばで、イタリア語を習い続けるのはもう自分には無理なのだと分からせてくれた。現代詩の講座には二年半通った。ひたすらひたむきな時空だったと思う。

いつのことかはっきりしないが、テレビでうつ病についての番組をやっていた。そこである医師が、うつ病になっても、いいこともあるんですよ、それまで絵を描いたことがない患者さんが、先生、この頃絵が描けますとか、短歌（俳句だったかもしれない）がどんどん出てきますとか言ってくることも多いんですと語っていた。そして、その医師は付け加えた。

「しかし、そういう患者さんが、画家になったり、歌人になったりということはありません。うつ病が治れば、サラリーマンだったひとは、サラリーマンに戻っていきます」

戻っていくひとを思った。遠く小さく、戻っていくひとの後ろ姿が見える。サラリーマンと言ったからだろう。紺の背広を着て、帽子を被り、黒い鞄を手に提げている。その後ろ姿に見覚えはないが、なぜかなつかしい。思い浮かべるたびに、同じ姿だ。教室の壁の隅、剝がし忘れた一枚の画用紙に描かれているような素朴な後ろ姿。戻っていくのだ。

夕べの風が

早朝ゴミを出すために線路沿いの道を行く。線路は江ノ島の方に伸びている。線路の先、見えないあたりに夜明け（アルバ）という名の町があるような気がする。アルバにはトリノから入った。名前のせいか、正午でも夕暮れでも、夜明けの気配が、町のどこかにあった。

娘から電話がある。坊やが熱を出したから、保育園に行けないので、預かってもらってもいいかしらとすまなそうに言う。一時間後、もうじき一歳半の坊やが来る。熱があるせいか抱っこをせがむ。疲れてソファに坐ると、両手を高くひらひらとさせ、立って抱っこしてとせがむ。私は背が低いので、立っていてもソファに坐っていても変わりないようだが、坊やには異なることらしい。立つとそれ以上高くとはせがまない。限界がわかっているようだ。私の低い背丈でも、なんらかの喜びを坊やに与えているのが、うれしい。

洗濯物を干しにベランダに行く。部屋の白い壁に、家の前の公園の樹の影が映っている。干し終わると、壁に樹は、もう、ない。日のわずかな移りで、影は壁を通り過ぎてしまったのだ。私の詩もそのようなものであったのかもしれない。たったいっとき私を通過して。私はそのとき通過するものにただ耐えるだけの存在であったのかもしれないと、ふと思った。

私が台所に立つと、坊やは小さな椅子を引っ張って来て、低いテーブルの前に置き、自分で坐る。食事を待っている様子だ。保育園で教わったのだろう。子供が何かを待っている姿というのは胸を打つ。急がねばならない。細長い食べ物が好きなので、トマトソースで炒めたそうめん、切干大根の煮物、インゲンの胡麻和えなどを並べる。なんだか地味過ぎる。ベビーフードを電子レンジで温める。一匙味見する。美味しい。坊やが「あれ?」という顔をしているので、それ以上は味見しないで坊やにあげる。

食事が終わると、あとは昼寝までしばらく抱っこする。寝付くと布団に寝かせ、私もゆりかごであった身体を横たえる。坊やは半袖を着ているので、腕のホクロがみえる。ホクロを見つめる。遠く逃れる道ではぐれた子供を探す親は、ありったけその特徴をくり返して言ったであろう。ホクロ、小さな傷痕、髪の色、言える言葉。

寝ている小さな子に薄いタオルをかける。ホクロもタオルの下で眠っている。

郵便受けに行く。詩集を七月に出し、いろいろな方に送ったので、私宛てのお便りを頂くことがある。今日は、三十年程前に、洗礼を授けて下さった指導司祭からのお手紙。八月十五日の聖母被昇天が過ぎたら休暇を取り、北海道を旅行するそうで、そのとき私の詩集を持って行き、読んで下さるとある。幾度その神父にこの世の辛さを訴えたことだろう。いつも爽やかであった人。何も望まなかった人。吉野弘の「生命は」という詩を教えてくれた。私の詩集はその人の旅の荷物の中に入り、海を渡り草原を走る。どんなにうれしいことだろう。

是非訪ねて下さいとある。秋のある日、私は訪ねる。長い橋を渡るようにして訪ねるだろう。静かないたわりの内に会うだろう。

夕方、娘が勤務先から坊やを迎えに来る。坊やはとびきりの笑顔で帰って行く。

夏の夕べの風が吹いている。北の方から吹いて来るように思える。北の方では早くも咲き出した萩の花を揺らしたりしながら吹いて来ては、風は足もとを低く過ぎて行く。

「また来るから」

娘のところの男の子は、まだ言葉が話せない頃、娘に連れられて祖父母である私たちの家に遊びに来ては、日が暮れていざ帰るという段になると、夫と私を、目を丸くして見つめるのだった。いままでいっしょに遊んでいたのにどうしたのだろう、のみ込めないというふうに呆然として見つめている。帰って行く二人の車を見送りながら「目が点になっていたね」と夫がよく言っていた。

二歳ちょっと前頃からだろうか、泣いてどんなに嫌であるかを示すようになった。週に一度、電車とバスを乗り継いで一時間ほどのところにある娘の家に行く。共働きでなかなか行き届かない家の用事を片付け、保育園に迎えに行き、夕食まで一緒に遊んで過ごす。夕食を終え、やがて私たちが帰り支度を始めると大泣きする。あまり激しく泣くので泊まろうかということになる日もあった。泊まって私たちと川の字になって横になり寝付くまで夫が「桃太郎」、「浦島太郎」、「兎と亀」……と話し、私が「もーもたろさん、もーもたろさん」、「むかし、むかし、うらしまは」、「もしもし、かめよ、かめさんよ」……と歌って寝かせた翌日は、保育園に連れて行って別れるとき、保育園の先生に「きょうはおじいちゃんとおばあちゃんと来たの。よかったね」と言われて笑顔でうなずく。泣かない。泊まれない日は、たくさん遊べば泣かないだろうかと考えて、だいぶ早く迎えに行ったりもした。でもいつしか泣くことの代わりにそっと自分に言い聞かせるようになった。「また来るから」

玄関でバイバイをすると、急いで走って、帰って行く私たちがよく見える部屋に移動するのだ。娘も移動して大きな影と小さな影が手を振っている。道が分かれる前から私には影もあまり見えなくなるのだが、ずっと手を振る。私たちの姿が消え、窓を閉めると何度も呟いているという。「また来るから」

その子の父親の故郷に海を越えて帰省するときは、電話口に出て私たちに言う。「行ってきます。また来るから」

しかし、ごっこ遊びをしていて、「おじいちゃんと鬼が島に行く」と言うので、私がきびだんごを作るまねをして持たせると、元気に「行ってきます」と言うが、「また来るから」が、付け加えられることはない。二歳の子にとって「また来るから」は、その母から言い聞かせてもらいながら、共に思い巡らした果てに手にした言葉なのだろう。護符のような。祈りのような。

夕方、空が暮れると、そっと寄って来て小さな声で尋ねる。「お空が黒くなった。また青くなる?」

小さな左手

今年の夏は暑かった。児童虐待あるいは放置、老人の所在不明がくり返し報道された夏でもあった。なかでも大阪の幼い姉弟の死は、この世が荒野であると思わせた。

九月二十六日の朝日新聞に埼玉大名誉教授の暉峻淑子さんというかたのインタビュー記事が載っていた。この事件に触れて、「大阪市の2児放置死事件には心が揺さぶられました。もし私が、いつまでもやまない子どもの泣き声を聞いたら、ベランダをつたってバットで窓を割って中に入ります。子どもを連れて自宅でご飯を食べさせ、体をきれいにしてからどこかに連絡しようと思う。」と語っていらした。暉峻淑子さんについて私は何も知らない。一九二八年生まれのかたである。大阪の姉弟の住んでいたマンションは三階。新聞に載っていた暉峻淑子さんの写真を見つめていると、この人ならやるだろうと思った。三階までよじ登ったってやるだろうと思った。

私はこの夏体調を崩していたこともあるのだろうがこの姉弟の死に打ちのめされるような気持ちでいたところこの記事を読んで、さらにしばらく考えてしまった。私はそこまでしない、警察にくり返し電話はする、近所の人に相談はする、しかし三階までたどり着いてベランダから救出することまでは体力のあった頃でもしない。そういう自分に情けない思いが心からした。気概が欲しい。小さいほうの孫娘一歳が熱を出したとき二度手伝いに行ったのが精一杯の八月だった。気概が心から欲しい。

十月、病院の帰りに乗換駅の駅ビル内にあるスーパーマーケットに寄った。青果売り場にいたら、三歳ぐらいの男の子が「ママ、ママ、どこにいるの?」と小さな声で言いながら、いなり寿司三個が入ったパックを手にひとり歩いていた。「ママと来たの?」と聞いたら、心細そうにうなずいた。「ママは今あなたをさがしているのよ。ここで待っていたら必ずママが見つけてくれるからね」と言うと、私の右手をその子の左手がそっと握った。「ママをさがしに行こう」とは言わないことにした。行き違う可能性があるし、ママをさがしにと言って誘い出す人だっている世の中だ。十分たってもお母さんが現れなかったら、店員さんに頼んで館内放送を流してもらおうと思いながら、そこからは見えない惣菜売り場のほうを向いて背伸びしていかにも人を待っている様子をしていると、その方向から若い女の人がにこにこしながら走って来た。「すみません。すみません」「ママだよ。よかったね」坊やは泣き出しもせずママといっしょにまた惣菜売り場に向かって行った。買い物をすませてスーパーを出るとビルの上に秋の空があった。秋は来ていた。

その日、坊やが握ってくれた私の右手はなんだか温かだった。大切なものがくるんでくれているように。

「近いって家の前がすぐ海だから。道路はあるけど、どうしてここにこんな広い道路があるんだと思うくらい、車が通らないんです。で、その道路を渡るとそこがもう海」

担当者の代わりにいっとき髪を巻いてくれている青年の話を聞きながら、青い海、車も人も通らないしんと広い道路と、瞼に青年の生まれ故郷、北の地方を描いてゆく。どんなところだろう。私は、北は盛岡までしか知らない。

「いいって言ったって。食べるもんとか、魚ばっかだから。いつも食卓に筋子とナマコがあるんです。いっつも。一年中。ナマコ、あの酢につけたやつ。あんまり好きじゃない」

ナマコ、たぶん食べたことはあると思うのだが、味を思い出せない。海辺とわかってから、気がかりになって、震災は、との私の問いかけに「うちは大丈夫だったんですけど、ばあちゃんが働いている牡蠣の工場がやられてしまって。機械とか全部被って。でももう直して。ばあちゃん、また働いているんですよ。八十なんだけど。辞めたら人に迷惑かけるって、人手がないから。殻って、あれ、人の手でやるんですね。今年もばあちゃんからお年玉届いたんです。僕、今年は勤めているから、たぶん送ってこないだろうなと思ってたのに、送ってきて」

思わず、うれしいわね、と前の大きな鏡の中で私と青年は笑い合った。我が家も今年から二人の幼い孫にお年玉を渡した。そんなこともあって、八十歳で牡蠣の工場に勤めながら、成人したお孫さんにお年玉を送るお祖母さんの話を、なにか親しい気持ちで聞いていた。

美容院から出ると、松が取れたばかりの町には、正月のはなやぎがのんびりと残っていた。家に帰って、北のその地方の天気を新聞で見たら、最高気温でも零下だ。そしてにわか雪とあった。にわか雪とはどんな雪だろう。「にわか雪」で検索すると、ウィキペディアには「遠くを通過する驟雪」という写真が載っていた。一枚の白い布が空を舞っているよう。小さな写真なのに布は幻のようにどこまでと言えない大きさがあった。

朗読を聴きに

この夏、二度、詩の朗読を聴く場所に身を置けた。一度目は七月一日、小平市の大学で、二度目は、八月二十五日、横浜のジャズの店「ドルフィ」で。

母校から届く案内に、小池昌代さんの公開講座「祝福と呪いの現代詩」が載っていた。梅雨は明けていなかったが、朝から晴れて、まだ猛暑にもならず、爽やかな七月の始まりの日、いかにも朔日という日だった。

八王子経由で国分寺まで行き、西武国分寺線に乗り換え、鷹の台駅で降りた。学生時代に入ったラーメン屋がある。本屋も同じ位置にある。店は多くなったが、あまり変わりがないことに驚く。母校へは二十年以上前に同期会で訪れているのだが、その日は先生や友人との再会で頭がいっぱいだったのだろう、思い出は四十数年前の学生だった頃に戻ってゆく。玉川上水に沿ったラバーズレーン（恋人の小径）も、保存されているのか、変わらない。大学の正門脇に、やはり守衛所があった。守衛さんに用向きを話すと、今日の公開講座の受講者の名簿を示され、自分の名前にチェックして下さいとのこと。女子大らしい温かな厳格さに護られていた日々がなつかしく甦る。

会場は5号館。すっかり新しい立派な建物になっていた。昔はたしか、現存する3号館と同じように木造二階建ての洋館で、私が三年生の頃に寄宿していたところだ。入学と同時に東寮に入り、学年が進んでから洋館に移った。

講演に先立ち、資料が配られた。三篇の詩が印刷されている。「生きている貝」（鈴木ユリイカ、詩集『MOBILE・愛』より）、「子守唄よ」（中原中也、未刊詩篇）、「輪廻 縺れた糸を解く呪歌」（藤井貞和、詩集『人間のシンポジウム』より）。「生きている貝」の好きな詩行「私は憶えておこう（中略）バラ色の息子をまるで祝福でもするように／四階の窓までのぞきにきた／一本のにれけやきのことを／あの木は空中であやとりするみたいに／何日も何日も息子をあやしていた」が満員の階段教室を渡ってゆく。それぞれの詩をその詩に合ったテンポで、小池昌代さんはたくみに朗読して、その作者の背景を話され、詩から受ける印象を静かに語られた。講演の題は「祝福と呪いの現代詩」。「呪い」は、「まじない」とも読める。詩は空間を祝祭に変えてしまう、まじないのようなものとおっしゃった。

中也の詩では、声について語られた。「声とは魂に近いもの、その人の自覚しない悲しみも声は伝える」と。

帰りに東寮のすぐそばまで行った。なつかしさに自分が煙るような思いで、母塾をあとにした。

所変わって、横浜桜木町駅から数分の「ドルフィ」。横浜詩人会主催の「夏のさかりの詩とジャズ」。印刷した地図を頼りに辿りつき、店の黒くて重い扉を開けた。ジャズのピアノ演奏で会は始まった。詩人が自作詩を朗読する。朗読と呼吸を合わせるようにピアノが奏でられる。目を瞑って聴く。声だけを聴いている。

「ぺこぽんぱこぽんぺこぱこぽん」と長田典子さんが「世界の果てでは雨が降っている」(詩集『清潔な獣』より)を軽快に読み始められた。詩のなかに、童謡「月の沙漠」が切れ切れにはいる。長田さんは音程をだいぶ下げ、老女の声で歌われた。まるでこの世を伝い歩きしているような。何を支えに伝っているのか。この世へのいとおしさだろうか。世界を丸ごといとおしむような声だった。

どちらの会も、しみじみとした味わいがあった。

出船

「思い出を私はもってゆきはしない」（富士川英郎訳）とリルケは「来るがいい　最後の苦痛よ」で書いていたが、思い出が死とつり合う日は来るのだろうか、いえ、それ以上、思い出が、その人の死を思わなくてもいいほど、ただ思い出だけが満たしてくれる日は来るのか。

十月半ば過ぎ、いまにも降りだしそうな曇り空の下、一週間前突然知ることになったある方の死を問いながら、神奈川近代文学館へと向かった。そこでは、生誕一四〇年記念の泉鏡花展が開催中だ。きょうは、泉鏡花作「義血俠血」を水谷八重子が朗読する。チケットは九月に来たときに買ってあった。バッグには父からもらった『泉鏡花作品集』を入れてきた。「義血俠血」を含む短編集で、装幀は小磯良平、解説は鏑木清方。古い本である。「義血俠血」のなかの水島友（瀧の白絲）が言う「何も内君《おかみさん》にしてくれと云ふんぢやなし。

唯他人らしく無く、生涯《しょうがい》親類のやうにして暮したいと云ふんでさね」を水谷八重子はどう朗読するのか聴いてみたかった。

朗読会までだいぶ時間があったので、先に展覧会を観ることにした。書斎が再現されている。机が小さく低く思える。墨書には適しているのかもしれない。鏡花の祖母（泉きて）の実家は針商を代々営んでいるそうで、針を紙で包んだものが十包み並べてあった。古いものだが、私の裁縫箱にも同じようなものがある。変わらず小さく静かなもの。身動きするたびに、遠い時間が現れる。「義血俠血」の原稿もある。二十歳の頃の作品と知った。

開演時間になり舞台に灯りが点り、邦楽が流れる。水谷八重子が黒地の着物で登場した。私の世代では、水谷良重という名のほうが、しっくりする。テレビや雑誌でしか知らないが、若い日の水谷良重がいつしか穏やかにたおやかになり、そこにいて、「義血俠血」を読み始めた。

省かれている箇所もあるが、テンポよく読まれ、会話のところは、自分で読んでいたときよりも分かりやすい。先の水島友の言葉も歯切れよく読まれた。自分ではここで止まってしまい、だいぶ前に旅した金沢の浅野川の辺りを思い出し、その河原の夜の暗がりに、美しく豪気な旅芸人、水島友の生まれて此の方抱えてきた孤独がひとすじ白く流れていくようだったが、朗読は次々と進み、公判の場面にいたり終わった。

拍手が大きく起こり、水谷八重子は「温かい拍手で」と微笑み、「咳をして、ごめんなさい」と言い添えた。その「ごめんなさい」のやわらかな語尾が残った。

外は雨が降り始め、港の見える丘公園では、秋の薔薇が、ひと株ごとにひっそりと立ち、雨を受けていた。横浜港からひとつ汽笛が聞こえた。雨の出船だ。

「笈摺草紙」

一日は長い。朝、青白かった金木犀の蕾が夕方には色づくほどに、夕方、先のあたりが少しほぐれかかった梔子《くちなし》の蕾が翌朝には開ききっているほどに、昼も夜も緩慢に長い。ところが、一年はいつのまにか過ぎてしまう。来る日も来る日もうかうかしていたのだろうかと思うほど、たちまち一年になる。呆然とする。泉鏡花「笈摺草紙」の主人公、紫にとって七年は、夫と七年と約束して、三歳の子も置いて、老いた両親だけの千箇寺詣に気をもんでいっしょに旅した七年は、なんという月日だったのだろう。諸国を巡ったが、尋ねた姉たちの消息は無残なものだったし、八十三歳の父を見送ったのは木賃宿だった。翌日がちょうど七年目という日、海を渡れば夫の元にゆける寺へ辿り着いて、そこで置いてきた子かと思える小僧さんに会い、そのことから夫の消息も覚悟して、母の決心に従い母をその寺に置き、海を渡らせてもらい、夫の土葬されている墓地へと向かう。約束を果たしたのだろう。鳥が飛んだ。

作品のなかのひととは思っても、紫を惜しむ。これしか道はなかったのかと思って読み返す。あどけなさを失わない紫のひとすじな思いがその道を辿らせていくことは、やはり自然なのだろう。ひとりの紫、数えきれない紫。

小僧さんは「目もらひ」（眼病のものもらいだろう）を患っている。紫の母が先導して、紫はその子にまじないをする。破れた障子越しに交わしあう「なあにを結ぶ」「目もらひ結ぶ」は、あわれだ。紫はまじないを終えると、三つの輪を結んだ細い紙を袂にしまう。

船を出して墓地へといたる山番の小屋まで連れてきた岡蔵に言う紫の言葉のなかで、不思議に感じられるのがある。言葉の途中からの引用だが、「何に、またうかゞってね、おゆるしが出たら、三年でも、一月でも一日でも、逢に行きます。と母様は皆御存じだからさう申せば分りますよ。」

「おゆるし」とは夫の許しだろう。紫の母はこの言づてで分かるのだろう。「三年でも、一月でも一日でも」に不思議だが、妙に納得もする。時はそのようなものとも思う。

＊「笈摺草紙」は、『泉鏡花作品集』第一巻（昭和二十六年、創元社）に収められたものを読みました。

いとけなさ

ひたひ髪吹き分けられて朝風に物言ひむせぶ子は稚《いとけ》なし　　五島美代子

一歳九カ月の孫娘の小さな顔に夜風が吹きつけていた。この子の髪はとてもやわらかい。二人で石段を見上げた。小さな口からふうとため息がもれた。二〇一一年三月十一日。夫と上の孫はもう石段を上りきっていた。「大丈夫か」と上から夫が気遣った。その日、東京で働いている娘の代わりに二人を保育園に迎えにいったときから、孫娘は私にくっついて離れなかった。バスは信号の消えた横浜の街をゆっくり運転してきた。バス停で降りて、娘の家まで夫が抱いていこうとしたが、その日はどうしてか嫌がった。もう手を引いて上ることができないほど疲れているのがわかる。石段は聳えるように立ちはだかる。娘の勤め先に電話が通じた際の「安否確認ですね」「応答無しですね」が気になって仕方ないが、今はこの石段を無事に上ることだ。普通に抱っこして上がるのは、私の足元が不安だった。孫娘の脇の下に両手をさし入れて私は下の段から一段一段、その子を持ち上げるようにして、上った。もし何かあっても私が下になるから、守れるだろうと考えた。ようやく上りきった。娘の家に着くと、上の孫がテレビをつけた。七時をまわっていた。いつものアナウンサーの声がして、見つめた画面の映像。「僕知っているよ。津波なんだよ」とその子が言った。保育園で見ていたのだろう。私たち夫婦はそのときまで津波のことも知らなかった。

その日は朝から横浜の娘の家に来ていた。義母が入院していて一時は状態が危ぶまれ見舞いにかけつけたが、現在は小康を得ていると知らされていたので、そういう状態の間に娘の家を掃除でもしておこうかと思い、相模原の自宅から電車やバスを乗り継ぎ一時間ほどの道中を、車窓の眺めをたのしみながらやって来ていた。梅が咲いていた。娘の夫は海外出張中だった。大きな揺れを感じたのは、居間の窓ガラスを拭いているときだった。夫もそばで片付けをしていた。「大きいね」と言い合い、用事を続けたが、また揺れた。本棚から本と数枚紙が落ちた。玄関のドアを開けると近くの小学校から、児童の「先生！」と叫ぶ声が聞こえた。私たちはテレビもつけず、四時頃まで、洗濯物を畳んだり皿を拭いたりして過ごし、帰ることにした。

バスに乗り、外を見ているといつもと違う。道の片側の商店の照明が消えていることに気づいた。信号も既に消えていたかもしれない。駅に着いて、駅前の人の多さに只事ではないようだと思った。電車は運転再開のめどが立たないとのこと。娘は都内から帰宅できないかもしれない。孫たちを預けているのは、同じ鉄道の隣駅近くである。そちらの方が都心に近い。信号が消えているので、時間はかかるそうだが、ともかく隣駅行きのバスに乗った。その駅前も尋常ではない数の人が集まっていた。夫が何度かけても、娘の携帯電話はつながらない。デパートに入ると、そこも多くの人が不安そうに立っていたり、ソファや、デパートで臨時に用意した椅子に腰かけていたりした。一人ひとりに「よかったら、どうぞ」とデパートの人が紙コップにお茶を注いでまわっていた。静けさのなか「宮城沖」という言葉が聞こえてきた。震源地だろうか。携帯電話では通じないので、デパート内の公衆電話に並び、娘の会社に電話してみた。娘は本社勤務なのかもよく知らなかったが、本社にかけ、つながった。「安否確認ですね」と言われた。私が連絡をとりたかったのは、孫の迎えを私たちがしてもよいか、よいのだったら、娘から保育園に迎えが祖父母になることを伝えてもらおうと思ったからであったが、会社の人の「社内にいれば大丈夫ですが。連絡をとってみますね。……応答無しですね」を聞きながら、事態の深刻さを知った。

公衆電話は、その日一人が一件かけるごとに、次の人に譲り、もう一度列の後ろに並び直すということを自然にしていた。今度は夫が並び保育園に電話をかけ、自分たちは保育園のすぐ近くにいる旨伝えた。今日は娘の迎えはいつもより遅い予定だったそうだ。予定時間まで、間があったので、「少し休もう」と夫が言って、デパート内の喫茶店に入った。メニューを見て注文すると、ガスが使えないのでサンドイッチと飲み物だけですと言う。娘の家も停電しているのだろうか。ガスも使えないのだろうか。隣の席から「ダンナとも連絡とれたし、子供はお泊まり保育頼めたし」と聞こえてきた。お泊まり保育というのも頼めるのだろうか。そのほうが安全だろうか。サンドイッチと飲み物が運ばれ、サンドイッチをひとつ口にしたとき、夫がこれは孫たちにとっておこうと言った。そうしようと急いでサンドイッチは紙に包み、コーヒーだけ飲み、店内で売っているクッキーも買い、店を出た。

娘の許可をもらってないので、保育園の迎えの原則には反するが、ともかく保育園に行って相談しよう。保育園に着くと、上の孫が夫に気づき「おじいちゃん！」と笑顔でかけよってきた。先生方とも顔見知りなので、引き渡しはすみやかにできた。これからバスかタクシーで帰るしかない。大人でも歩ける距離ではない。タクシーを待つ長蛇の列。どれだけ待つのか見当もつかない。バスなら一台来れば多数乗り込む。バスを待ち、やっと乗れた。バスを降りるときには、その辺りは停電していないことがわかった。そのようにして娘の家に着いて、テレビを見たのだった。

東北だ。姉はどうしているのか。姉は岩手県に住んでいる。姪も結婚して盛岡だ。津波、原発、火事。あまりの映像に子供には刺激が強すぎると思いテレビを消して、夕飯にした。サンドイッチを食べさせて、娘が冷蔵庫に作りおいてあるものを温めた。お風呂はやめて身体を拭いてやり、布団を敷き、四人で横になり、いつものように夫が絵本を二冊ほど読んでから、昔話を聞かせ、私が歌を歌った。なかなか寝つけない様子だった。

十一時半頃、電話が鳴り、娘の声だった。やっとつながったのだ。「お迎えしてくれたのね。ありがとうね」と言う元気な声を聞いてほっとしたが、同僚たちと歩いて現在渋谷だという。子供たちは大丈夫だから、どこかに泊まったらと言ったが、横浜方面に帰る同僚四、五人といっしょに帰っているから、心配しないようにとのことだった。途中電車が動き出したようで、娘は二時頃帰ってきた。「お父さん、お母さん、今日来ていてくれたのね」と言いながら、子供たちの寝顔を確かめていた。三人で少し話した。外灯のわずかな明るさが射しこむ部屋で寝ていたのだが、うとうとしながら脇に寝ている孫娘を見ると顔が半分黒くぬれて見える。びっくりして部屋の電気をつけた。鼻血だった。地震がよほど怖かったのだろう。

私たちが利用する鉄道はどちらも既に運転していたので、十二日午後、相模原の家に帰った。室内は本も何も落ちていなかった。姉に電話してもかからないということをくり返していたが、夕方、東京に住んでいる上の姪の携帯電話にかけてみようとようやく思いついた。姪の細く優しい声が、姉と盛岡の姪夫婦の無事を伝えてくれた。

義母の状態も気になっていた。入院先に行くためのＪＲは止まったままだった。再開されなければ、車で行くしかない。夫がガソリンスタンドをまわったが、閉まっていたり、何台も並んでいたりだった。十五日に危篤の知らせがあった。「行けるところまで行ってみる。家で休んでいて」と言いおいて、夫はとび出て行った。翌十六日朝、義母は亡くなった。

東日本大震災から、三年。義母が亡くなって三年経つ。命を思うとき、「いとけなさ」が灯る。灯っている。

北への船路

この航路なら、龍飛崎を通るのではないか。三月、新聞の旅の広告に目がとまった。ゆるやかに弧を描く矢印を辿る。横浜を出港して北上し、下北半島を回り込み、青森港に入る。青森港を出たら利尻島、礼文島へ行くのだから、津軽半島の北の先端にある龍飛崎は通る。船に乗りさえすれば、傍をあるいは遠く沖合を通っていく。昨年秋以来、龍飛崎はどんなところだろうと思っていた。三十数年前も思った。修道院の一室で指導司祭が龍飛崎の断崖に咲く花のことを語られたときのこと。こんなところに、と驚かれたほど、急峻な崖に花が咲いていたそうだ。驚いて語られる横顔を私は見て、その横顔が見つめる先に花が咲いているような気がして、そちらに目を移すと、修道院の午後の白い壁があった。旅の話は終わり、いつものように聖書の勉強が始まった。

船上説明会が、四月に横浜港で開催されるとその広告にあった。夫と出かけた。船内の案内のあと、説明会が始まり、その時点で、私が望んでいた五泊六日の旅はキャンセル待ちだと知った。船を下りて歩いていると、船に向かってスーツケースを引いている人たちとすれちがう。生き生きとした表情。先程の説明会で、これから駿河湾のクルーズがあると言っていた。夕方の港の往来は、エリオットの詩の「すみれ色の時間」をふと思わせるが、四月のさわやかな夕風が大きく吹きぬけていた。

ひと月以上経ち、私の経過観察の検査の前日、キャンセルが出たのでと電話があり、急きょ乗船が決まった。六月十六日が出発である。服を繕ったり、靴を直しに出したりしているうちに、当日がきてしまった。スーツケースは、宅急便で船に届けておいたので、ショルダーバッグを提げ、二人たどたどしく横浜大桟橋へと向かった。

午後四時より、乗船の受付。自分たちの船室に行く。龍飛崎が見られるように左舷の客室を希望してあった。小さな窓がひとつ。ベッドがふたつ。ソファと机。出港前に避難訓練がある。部屋のテレビは救命胴衣の身につけ方を放送中だった。早速クローゼット内の救命胴衣を取り出す。なかなか着られない。船内に避難の合図が鳴った。エレヴェーターは使わずに上階の指示された番号の救命艇の下に集まった。乗組員より説明があり、解散。四月の韓国での海難事故を思った人は多いだろう。

夕食を大きなダイニングルームの窓際でとっていると、岬へと沈む夕日が見えた。相席した婦人は二人とも一人での参加だった。初対面同士の会話が聞こえてくる。一人はご主人を亡くして二十年、悲しくて泣きながら二十年旅をしておられるという。もう一人はご主人を家に置いての一人旅が好きだとのこと。夕日は窓を過ぎていた。この頃から、揺れを感じるようになる。コンサート会場のホールへ行くとき、めまいがしているような気がして、椅子や壁にときどきつかまった。歌曲の合間に、チャイコフスキーの「四季」から六月の「舟歌」のピアノ演奏があった。舟べりを叩く波音だろう、短調のくり返しが耳に残った。

翌日は終日航海だった。朝から霧が深く、東北の沖を航行中だが、見えるのは霧だけだ。船内を歩いていると、霧のせいか、不思議な都市にいるようだ。デッキのプールはどうなっているのだろうと、ガラス戸に寄ったら、そこは珍しく自動ドアで、たちまち霧が流れ込んできた。霧は打ちかかるものだった。夜のショーでは、外国の人が昭和の歌を歌った。終わると「あの頃は良かった。なつかしいなあ」と言う声が聞こえる。部屋に帰って灯りを消して、窓の下の方をのぞくと、この船が作りだす波が、この船の灯りの届くところだけに見え、それらはつぎつぎと急いで過ぎて、あとは暗い海。

十八日午前八時、青森港に入港。埠頭に立つと、泰然と青森が広がっていた。港の公園を散歩しながら、善知鳥《うとう》神社への道を地図で確かめる。港から徒歩十分。謡曲「善知鳥」の旧跡の地と伝えられるところだ。佐川亜紀さんの詩集『押し花』に「うとう」という詩があり大変心惹かれた。詩は「うとう　やすかた／うとい　こしかた／うたう　ひさかた　光の幻に」という美しい詩行で終わる。謡曲の「善知鳥」は、「うとう」と親鳥が呼ぶと、子鳥が「やすかた」と答えるので、親鳥のまねをして「うとう」と呼んで、子鳥を捕えることを生業とした猟師の死後の苦しみを描いたものであるが、佐川さんの詩においては、そこにやわらかな光が射しこんでいる。

善知鳥神社をめぐる大きな池には、蓮の花が咲いていた。境内にある菅江真澄の歌碑を読む。「のどけしな　そとがはまかぜ鳥すらも　世にやすかたと　うとう声して」

港には「うとう」と記された船が停泊していた。善知鳥神社のあるところは安方《やすかた》町である。

船は午後二時に青森港を出る。龍飛崎を通過する時刻を船員に聞いた。午後四時四十五分から五時頃とのこと。その後船内放送で「龍飛崎は十六時三十分頃通過の予定です」と案内がある。よく見える上階で待っている。

龍飛崎が見えた。海の彼方うす青くありありとその形を見せた。岬の途切れるところに、編み物のかぎ針のかぎのような、しかしそれほどは鋭くなく、小さな三角形が目印のようにある。やがて見えなくなった。

翌朝、利尻島沓形港に入る。バスに乗り三時間の島一周観光。晴れているが、利尻山の頂上は雲がかかっている。姫沼の遊歩道を皆で歩く。木にも草にも白い小さな花が咲いている。利尻と礼文には高山植物が多いそうだ。高地の気候なのだろう。枯れて根元だけになった木があった。木の水分が凍って枯れたという。オタトマリ沼。水面に空が折りたたまれて風に揺れている。静かだ。島最南端の仙法志御崎公園。岩にしがみつくように生えている白い草はシロヨモギと教わった。ハマナスが咲いていた。港に戻り、船からも利尻島を眺める。利尻山の裾野と海の間に細長く並ぶ家々。

六月二十日早朝、礼文島沖合に船は錨泊した。島へはフェリーで上陸する。私たちは午後出発のバスツアーだった。バスは先ず澄海岬《すかいみさき》へ向かった。利尻島より風が強い。気温は十四度ぐらいだろう。澄海岬が作る湾の色は緑にも青にも見え荒涼としている。岬は遠目には、岩肌に単一の草色をただまぶしたようで鉱物的だが、近くには白いオオハナウドや紫のチシマフウロが咲いていた。次はレブンアツモリソウの群生地に向かう。絶滅が危惧されている礼文島固有種。クリーム色のふっくらとした花だった。礼文島最北の岬スコトン岬へ。よく晴れているとサハリンが見えるそうだ。初夏、船に運んでもらって、いつのまにか最果ての肌寒い風に吹かれている。

フェリーに乗って戻るとき、いっしょに乗っていた人が、これは救命艇だと言った。そう言われれば来たときと違う。ベンチの配置や船底が違っている。乗り心地はフェリーと変わらない。客船に戻ってから、フェリーの最終時刻等により救命艇を使ったとお詫びの放送があった。こまやかな心遣いを感じた。こういう試みは避難訓練にもなるのではないかと思う。

翌朝、部屋の窓から北海道が朝焼けのようにほんのりと見えた。朝食後、右舷に出ると、龍飛崎がそっと迎えてくれるように現れた。

青森入港は午前十一時半。吹き抜けのロビーでは、大勢の乗客が船での最後の時間を惜しんで歓談していた。私たちも心からくつろいで良い旅ができた。

下船してJR新青森駅行きのバスに乗る。新青森駅。父母の墓は斜面にあるので、雨だったら墓参りは見合わせるつもりだったが、晴れが続いていた。一関のホテルに電話して空きがあるか問い合わせる。ツインは満室だが、シングルなら二部屋取れると言うので予約する。新幹線を乗り継いで一関に着いたのは、夕刻四時前だった。

駅も、駅からすぐの煉瓦のホテルもなつかしい。チェックインして、部屋から姉に電話をかけた。墓へは、姉もいっしょに行ってくれると言う。姉は、「元気印の」と人から言われるほど、気持ちも明るく達者であったが、昨年は急病で入院している。母が高齢になった頃、母や働いている姉の負担にならないように、このホテルに泊まったことがある。三十数年前に亡くなった父が、なんの折にか、ホテルに近い蕎麦屋が美味しいと言ったことがあり、その言葉を思い出しながらそこで蕎麦を味わったのは、いつのことだったろう。一関は父の故郷で、姉が離婚後、父は姉家族を連れて故郷に帰った。そして一年もしないで亡くなってしまった。

姉と話をして一安心し、ホテルの近くを散歩した。蕎麦屋は、看板はあったが、商いはとうにしていない様子だった。一関で父の面影を感じるのは、この通りだ。

翌日、駅前からタクシーで姉の家に着いた。姉が外に出て待っていてくれた。家に入り、花好きの母が遺した庭を見る。父は、この土地を決めたが、家を見ることはなかった。涼しいうちにとタクシーを呼び、寺へ。斜面の墓地には至る所、丈高いイタドリ（虎杖）が繁茂している。三人で墓の草取りをする。東日本大震災で、墓は石がずれ、境のブロックが割れたが、業者も手一杯で本格的な修理は秋になるらしい。ようやく墓参をすませた。姉の家に戻り、互いの娘や孫の話をする。ほがらかに生きようね、といとまごいをした。姉がずっと両手を振っている。

新幹線の発車時刻まで、泊まったホテルのレストランで食事をし、時間を過ごした。窓ガラスの向こうに通りが見える。薄く目を閉じると、通りの奥を父が横切っていく、ほんの一瞬。目を開けると、前の席で夫が眠っている。ふっと目を閉じると、通りの奥に父の姿。遠くても幸せそうに横切っていくように思えて、くり返し目を閉じた。

「こちら松島のお土産としましては、先ずこうれんせんべい……」バスのガイドさんが言った。菅江真澄の本のどこかにあった「紅蓮煎餅」のことだろうか。今もあるのだろうか。菅江真澄は一七〇〇年代半ばに生まれた人。バスは松島観光物産館前に停まった。探すまでもなく、物産館を入ったすぐのところに「松島こうれん」は積まれてあった。「七百年の技」とある。松島を訪れるのは初めてだ。

そこから徒歩で、五大堂、瑞巌寺、円通院を廻る。自分の記憶違いかもしれないといぶかりながらも不思議な気持ちでツアーの列に加わった。そもそもこの北海道への船旅を思い立ったのは、六月の旅で寄港した青森が心に残り、善知鳥神社に歌碑があった菅江真澄の本を読み始めたことが大きい。内田武志・宮本常一編訳『菅江真澄遊覧記』（平凡社ライブラリー）である。父の故郷、一関、姉の家のある辺りも菅江真澄は歩いていた。父の墓に生えていたイタドリが、菅江真澄の行くところ随所に生い茂っている。そして青森から北海道の松前へ渡っている。そこでアイヌ語を覚え、アイヌ語で歌をよんでもいる。カバーや本文に採られている菅江真澄の図絵には眺め入った。そんな折、九月に横浜から秋の北海道への船旅があることを知り、行ってみようかと心が動いた。寄港地は、仙台、根室、釧路、函館で、青森には寄らない。先の本の第二巻に収められている「えぞのてぶり」（「蝦夷廼天布利」）によると、菅江真澄は、函館の半島を船から見て、「鰐《わに》などが海の上に這いのたくっているようである」と感じた。今の函館は船からどんなふうに見えるだろう、旅の前にそんなことを思った。

松島の小さな島に建っている五大堂へは橋を渡っていく。橋を戻り、瑞巌寺へまっすぐ導く杉並木で、ガイドさんが「こんなに明るくなってしまって」と言う。東日本大震災の津波で杉木立は被害を受け、かなり伐採せざるをえなくなり、このように杉の林は日が射しこむようになったそうだ。その伐採した杉は、近隣の小学生が図工の時間に加工して立派なベンチとして生まれ変わり、境内に置かれてあった。瑞巌寺本堂は修理期間中だが、代わりに、庫裡（台所）、本堂から仮本堂に移された菩薩像や木像などを間近で見ることができた。隣接する円通院は支倉常長にまつわるバラの寺として有名とのこと。案内をしてくれた男の人は支倉常長の衣装を再現し身につけていた。教科書で見たことがあるとおりだ。司祭がミサで着用される白い服と似ていて、なつかしさを覚えた。やや傾きかけた秋の日射しが、庭のあちこちにほっそりと咲いている彼岸花を低く照らし、数えれば被災地は四度目の秋の彼岸だ。案内の人は、紅葉の頃は夜ライトアップされてとてもきれいだから、また来て下さい、と言った。物産館で「松島こうれん」などを買ってバスに乗った。車窓から松島が見えては消え、またその姿を木の間に少し現して、見えなくなった。仙台港を出るのは、午後六時。日の入りの時刻は過ぎている。デッキに出て遠ざかる港を見つめていると、わずかな時間しかいなかったが、仙台で会った人たちが思われ、小学生の作った杉のベンチが思われて、大切なのは希望だと涙が流れた。旅情もあっただろう。船は東北を離れ、根室花咲港に向かった。

翌日は終日航海。夜コンサートのあと、星を見るためにデッキに出たが、星は見えなかった。船内に戻ろうとドアを開けたとき、風とともに一羽のウミツバメがいっしょに入ってしまった。床でうずくまっている。そっと抱いてデッキに出した。飛んでいかなかったから、朝まで船上で過ごしたかもしれない。

翌朝、根室花咲港へ船は入った。バスで北方原生花園へ向かう。すっかり秋の色をした草原には、空から落ちたかと思えるようなエゾリンドウの濃い紫がのぞいていた。しばらく散策したのち、納沙布岬へ。曇ってきたので、国後島は見えず、歯舞諸島の一部しか見えなかったが、そのうちのひとつ、貝殻島の灯台はすぐ近くだった。暮れればろうそくのように灯るのだろうか。クナシリ・メナシの戦い（一七八九年）、そして根室にロシアからラクスマンが来たこと（一七九二年）は、菅江真澄も書いていた。そのような時代に生きたのだった。途絶えたりときには激しかったりしたかもしれない海路往来を曇る海に思った。

十七時出港。地元の高校吹奏楽部による歓送演奏が岸壁であるというので、デッキへ出た。演奏中、風で楽譜がめくれてしまう。一人の女生徒がなんども楽譜を戻している。船が動き始めると、指揮をする先生も演奏する生徒も初めはゆるやかに小さくなり、ああ、小さくなっていくと思うまもなくハンカチが風に飛ぶように消えてしまう。きょうも別れだ。

翌朝着いた釧路は雨だった。岸壁に集合して、バスに乗る。丹頂鶴自然公園で降りて、傘をさしながら、園内を歩き、どこか鶴を思わせる女の人からタンチョウについての説明を聞く。タンチョウのオスは「コー」と鳴き、メスは「カッカ」と鳴くそうだ。ひな鳥はただ「ピーピー」と。「えぞのてぶり」は、若い女たちが、タンチョウをまねながら、夕暮れの浜辺で舞い歌う描写で終わっていた。その頃はタンチョウが多くいたのだろう。金網越しにタンチョウを見て歩いた。歩いているすぐそばに細長い窪地があり、そこが川のようになると鮭が遡上してくるそうである。次に訪れた釧路湿原展望台でも雨は降り止まず、いっとき止んだかと思うと、静かな霧に変わった。ふかぶかと緑の湿原は眼下の辺りに見えるだけで、雨と霧ばかりだった。

午後、岸壁でソフトクリームのふるまいがあると知らされていた。ふるまいは物産販売とともに行われるが、雨が降っていたので、物産販売は船のロビーに移り、ソフトクリームの移動販売の車だけが岸壁に停まっていた。行ってみると、かわいい女の子とそのおかあさんのソフトクリーム屋さんだった。いくつ、と聞くと晴れやかに歳を答えた。孫娘より幼い。おかあさんがソフトクリームをカップに入れ、その子がそっとわたしてくれた。そして「ありがとうございました」と言ったのだった。とっさに私は「どういたしまして」と言っていた。カップに雨が入らないよう気をつけてタラップを上がり、部屋に戻った。窓から移動販売の車を見ては、きょうはあの子はお昼寝をしないのかなとか、眠くなったら、車の中でおかあさんのそばで眠れるしとか、とりとめもなく思っていたが、しばらくして自分の先程の会話の不自然さに気づいた。「どういたしまして」ではなく、「こちらこそ」と言えばよかった、言うべきだった。ふるまいをしてくれたときは、受けとるこちらが礼を言うものだ。後悔の思いで岸壁を見ると、もうソフトクリーム屋さんの車はなかった。女の子は、霧と雨のはるかから現れて、やさしい一椀を「ありがとうございました」という言葉とともに、私にくれた。私は覚えていたい。この幼子の一椀の施しを。その夕、船は函館に向かって港を出たが、終夜、海は荒れた。白い三角波が氷山のようだった。船はそれを切りさいて進んだ。「こちらこそ」「こちらこそ」とくり返し、眠りに落ちた。

朝六時に目を覚ますと、雲ひとつない晴天だった。清澄な風に吹かれながらの函館入港となった。菅江真澄言うところの「鰐」は美しく発展した街の後方で小高い山として安らいでいるのだろうか。

街路や公園に、房のようにまとまって赤い実をつけて目を引く樹があった。ナナカマドだった。葉一枚にとがった小葉が鳥の羽のように並んでいる。そのせいだろう、吹く風に繊細な動きをしていた。ほとんどがまだ爽やかな緑色だが、一部紅葉し始めている葉もあった。ナナカマドが彩る坂や教会を巡ってから、ぜひ行きたいと思っていた函館市北方民族資料館を訪れた。

館内に入ると「蕗の下のコロポックル」という像が迎えてくれた。そして平澤屏山筆『アイヌ風俗十二ヶ月屏風』が控えていた。九月は「月下河岸鮭漁の図」だ。図録が廉価で購入できてうれしい。この資料館は、北海道だけでなく、サハリン、千島列島、カムチャッカ半島、アリューシャン列島など北方の地で生活してきた民族のさまざまな資料を展示している。入魂の服飾品、精緻で芸術的な生活用具の中で、静かに横になっている木彫りの人形があった。目を閉じているように見える。子供だと思う。

夕暮れ方、船室の窓から函館港を見ていると、手をつないで帰っていく一組の母子の姿があった。先程船内のホールで函館の「いか踊り」を披露してくれた幼稚園児だろう。はっぴから幼稚園の制服に着替えて港をのんびりと帰っていく。地元の幼稚園児多数による踊りは、はつらつとした見事なものだった。舞台で踊ったあと、園児たちは乗客と輪になって踊ってくれた。最後に園長先生が「みなさま、どうかこの子たちのことを祈って下さい」と言われた。心にしみる挨拶の言葉を母子にかさねていた。

二十二時の出港前から、岸壁には、いか踊りで送ってくれる人たちが集まり、船が見えなくなるまで踊ると言う。船上の私たちも踊り、手を振って、ありがとう、ありがとうと応えた。別れ合う、別れ。仙台に寄り横浜に戻ると、金木犀の匂いの風が吹いていた。

私の記憶の「紅蓮煎餅」は、『菅江真澄遊覧記 2』の内田武志による解説のものだった。当の「松島こうれん」は、餅を焼いたときにできるふくらみをそっと合わせたような素朴な菓子だった。

風もかなひぬ

パソコンで旅の写真を整理していて、なんということなくだいぶ前に撮った庭の写真を開いてみた。二月は雪が積もった雪柳、三月の下旬には金木犀の根元で低く咲くムスカリとハナニラ、五月は、フェンスを覆う紅い薔薇、六月の日の落ちたあとでも夜に紛れない白い梔子《くちなし》、そんなわずかな数枚。その前年、大きなことではないが、手術を受けたので、庭を見つめていることが多く写真に撮ったのだろう。その年薔薇は花が終わってしばらくして、フェンスにからまった蔓をほどき、根元からすべて伐った。株立ちの金木犀も秋の終わりに私の背丈ほどで芯止めをしてもらった。切断面が思想家の額のように日に照っていた。手入れというより酷な作業だったが、薔薇は残っていた根元に新梢（シュート）が伸び、翌年からも慎ましく咲いてくれ、金木犀は芯を隠すまで、枝が伸びた。

植物の間での力の差はあるようで、ムスカリとハナニラは今では蕗に押され、十二単

（ジュウニヒトエ）は野菊に負けつつある。日本水仙は花の清楚さからは考えられないほど、花が枯れたあとの葉は放恣で、気をつけないと足をとられる。与謝野晶子のエッセイ「初島紀行」のなかで島民がふえすぎる水仙を嘆く気持ちもわからなくはない。限られた畑地に攻め込んでいた水仙が、何十年もたった今では島の観光に役立っているだろう。

ベランダの下にあたる土にも白い花をつける野草が春から夏にかけて勢いを増すが、そっと横たわっている一本の木がある。二十数年前にここに移ってきたときから、ずっとそこにある枇杷の木だ。前もマンションの一階に住んでいて、食べた枇杷の種を幼かった子供が庭に埋めたら芽が出た。枇杷は丈高くなる木で、隣家に近い位置だったので、引越しがきまって伐った。あまりにも忍びなく、いつか自分の杖にしようかと伐った幹を持ってきたのだ。私は木彫りを趣味で長いこと習っていたので杖に加工できるかもしれないと草取りのときなどふとおぼつかない考えがよぎる。

マンション一階の専用庭だから狭いのは言うまでもないのだが、どんなに小さな土地でも、たとえ植木鉢の中でも土地は土地で旅をしているのだと思う。

よい風が出てきたら、潮もかなひぬ今はこぎいでなと庭に出て風に吹かれながら草木の手入れをしよう。庭仕事そのものも旅にどこか似ている気がする。

初出一覧

まなざしのなかを　「港のひと」五号、二〇〇八年六月
私の好きな詩人　「詩客」二〇一二年一月六日
ふたりのイズー　「左庭」十八号、二〇一〇年十二月
ほとりにたたずむ
1　「左庭」十九号、二〇一一年四月
2　「左庭」二十号、二〇一一年八月
3　「左庭」二十一号、二〇一一年十二月
4　「左庭」二十二号、二〇一二年四月
5　「左庭」二十三号、二〇一二年九月
6　「左庭」二十四号、二〇一三年一月
7　「左庭」二十五号、二〇一三年五月

夕べの風が　「something」六号、二〇〇七年十二月
「また来るから」　「something」十二号、二〇一〇年十二月
小さな左手　「左庭」十八号、二〇一〇年十二月
にわか雪　「左庭」二十六号、二〇一三年十月
朗読を聴きに　「something」十八号、二〇一三年十二月
出船　「左庭」二十七号、二〇一四年二月
「笈摺草紙」　「左庭」二十八号、二〇一四年六月
いとけなさ　「左庭」二十八号、二〇一四年六月
北への船路　「左庭」二十九号、二〇一四年十月
秋の岸　「左庭」三十一号、二〇一五年六月
風もかなひぬ　「左庭」三十二号、二〇一五年十月

伊藤悠子（いとう　ゆうこ）

詩集『道を　小道を』（二〇〇七年　ふらんす堂）
『ろうそく町』（二〇一一年　思潮社）
『まだ空はじゅうぶん明るいのに』（二〇一六年　思潮社）

住所　〒二五二―〇三〇二　神奈川県相模原市南区上鶴間七―九―二―一一二

風《かぜ》もかなひぬ

著者
伊藤悠子《いとうゆうこ》
発行者
小田久郎
発行所
株式会社思潮社
〒一六二―〇八四二　東京都新宿区市谷砂土原町三―十五
電話〇三（三二六七）八一五三（営業）・八一四一（編集）
印刷
三報社印刷株式会社
製本
小高製本工業株式会社
発行日
二〇一六年四月三十日